박정희 전집 08

평설
민족의 저력

박
정
희
전
집
08

평설
민족의 저력

박정희 저

남정욱 풀어씀

박정희 탄생 100돌 기념사업 추진위원회 엮음

기파랑

박정희 전집을 펴내며

올해는 박정희 대통령이 태어나신 지 백 년이 되는 해(1917~2017)입니다.

박정희 대통령은 민족사 5천 년을 통해 거의 유일하게 사람들에게 영감을 준 리더였고 그 비전을 몸으로 실천한 겨레의 큰 공복(公僕)이었습니다. 그래서 노산 이은상 선생은 박정희 대통령을 '세종대왕과 이순신 장군을 합친 민족사의 영웅'이라 칭했을 것입니다. 그런 거인의 탄신 백 주년이 온 나라의 축제가 되지 못하고 아직도 공(功)과 과(過)를 나누어 시비하고 있으니 참으로 안타까운 일이 아닐 수 없습니다. 그러나 오늘날의 대한민국이 박정희 대통령의 비전에 의하여 설계되었고 그분의 영도력으로 인류역사에 유례없는 경제발전을 이루었다는 데 대하여는 모두가 동의하고 있다고 생각합니다. 이제 큰 것은 보지 못하고 작은 것으로 흠을 삼는 역사적 단견(短見)에서 벗어나길 간절히 바랍니다.

애국(愛國)과 애족(愛族)은 박정희 대통령의 혈맥을 타고 흐르는 신앙이었습니다. 그 신앙으로 박정희 대통령은 가난을 추방했고, 국민들에게 우리도 할 수 있다는 자신감을 심어 주었습니다. 그 결과 우리 민족은 5천 년의 지리멸렬한 역사를 끊어 내고 조국근대화와 굳건한 안보를 달성할 수 있었습니다. 민족 개조와 인간정신 혁명, 그것이 바로 박정희 정신입니다. 그 정신을 이어 가는 것이 현재를 살고 있는 우리의 사명일 것입니다.

박정희 대통령 탄신 백 주년을 맞아 그분의 저작들을 한데 모으는 작업은 역사에 대한 최소한의 예의입니다. 그것은 감사의 표현인 동시에 미래에 대한 결의이기도 합니다.

　박정희 대통령은 생전에 네 권의 저서를 남겼습니다. 『우리 민족의 나갈 길』, 『국가와 혁명과 나』, 『민족의 저력』, 『민족중흥의 길』이 그것인데, 우리 민족의 역사와 가야 할 길에 대한 탁월한 예지가 돋보이는 책들입니다. 그 네 권의 초간본들을 영인본으로 만들고, 거기에 더해 박정희 대통령의 시와 일기를 모아 별도의 책으로 묶었습니다.

　박정희 대통령은 다방면에 재능이 풍부한 분이셨습니다. 〈새마을 노래〉를 직접 작사, 작곡한 것은 많이 알려져 있지만, 직접 그림도 그리고 시도 썼다는 사실은 의외로 아는 사람이 많지 않습니다. 문학가가 보기에는 아쉬운 점이 있을지 모르지만 박정희 대통령의 시에 담긴 애국과 애족의 열정은 그 형식을 뛰어넘는 혼이 담겨 있다고 할 수 있습니다. 특히 아내를 잃고 쓴 사부곡(思婦曲)들은 우리에게 육영수 여사에 대한 기억과 함께 옷깃을 여미게 하는 절절함이 가득합니다.

　또한 후손들이 박정희 대통령의 저작들을 쉽게 읽게 하자는 취지에서 네 권의 정치철학 저서를 일부 현대어로 다듬고 풀어 써 네 권의 '평설'로 만들었습니다. 방향을 잃고 표류하는 대한민국에 큰 지표가 되리라 생각합니다. 부족한 부분에 대한 아쉬운 마음이 없지 않으나 그나마 처음 시도된 작업이라는 사실로 위안을 삼고자 합니다. 질책 주시면 기꺼이 반영하여 더욱 완성도 높은 저작집으로 만들어 나가겠습니다.

늦게나마 박정희 대통령의 영전에 이 저작집을 바칠 수 있게 되어 기쁩니다.
이 작업은 박정희대통령기념재단 좌승희 이사장 이하 임직원 여러분의 적극적인 지원과 많은 분들의 협조가 없었더라면 결코 쉽지 않았을 일입니다. 『박정희 전집』 편집위원 여러분과 평설을 담당하신 남정욱 교수, 그리고 흔쾌히 출간을 맡아 주신 기파랑의 안병훈 사장께도 깊은 감사의 말씀을 드립니다.

박정희 대통령님! 대통령님을 우리 모두 기리오니 편안히 잠드소서.

박정희 탄생 100돌 기념사업 추진위원회
위원장 **정홍원**

풀어 쓰면서

『민족의 저력』은 박 대통령이 혁명 10주년 그리고 전작(前作)인 『국가와 혁명과 나』(1963) 이후 8년 만에 발간한 책이다. 책의 전반적인 느낌은 안정감과 약간의 자부심, 그리고 변화하는 국제정세에 대한 다소의 불안감과 그에 대한 자신감과 의지의 발현 등이라고 할 수 있다.

경제

안정감은 당연히 궤도에 오른 경제발전이다. 자부심 역시 거기에서 나온다. 박 대통령이 뿌듯해 하는 1960년대의 성과는 어느 정도일까. 본문을 한번 보자.

> 우리 경제는 지난 10년 사이에 연평균 8.6퍼센트에 달하는 실질소득 성장을 기록, 전체 경제규모가 2.3배 확대되었다. 1960년대를 전·후반으로 구분해 놓고 보자면 전반기의 5.5퍼센트에 비해 후반기에는 11.7퍼센트라는 높은 성장을 달성했다.
>
> 그중 고도성장을 주도한 부문은 제조업이었다. (102-103쪽. 이하, 다른 표시 없으면 쪽수는 평설의 것임)

10년 동안 연평균 8.6퍼센트 성장으로, 유엔이 개발연대의 목표로 내걸었던 성장 목표 5퍼센트를 상회한다고 자찬하고 있다.

성장률 말고 실제 소득은 어떨까. 1959년 95달러였던 1인당 GNP가 책을 쓰기 전전해인 1969년에는 198달러였다. 1,980달러도 아니고 198달러! 그러나 그 액수에도 뿌듯해 하고 감사할 만큼 당시 대한민국은 가난한 나라였다. 그리고 지금 시각으로 198달러를 무시해서는 곤란하다. GNP는 매년 알아서 늘어나는 인구증가 따위와는 질적으로 다르다. 뭔가 성장동력이 작동하기 시작했다는 신호인 것이다.

이승만 시대와 박정희 시대의 근본적인 차이는 정치제일주의에서 경제제일주의로 국책의 방향이 이동한 것이다. 그러나 경제발전을 기치로 내세운다고 해서 바로 발전이 눈앞에 펼쳐지는 것은 아니다. 혁명정부는 집권 두 달째인 1961년 7월 야심차게 경제기획원을 설립하고 그 지위를 내각수반 다음인 서열 2위로 격상시킨다. 그런 조치만으로 경제발전이 이루어진다면 세상에 못살 나라가 없다. 혁명정부는 사방으로 뛰어다녔지만 방향도 방법도 몰랐다. 오히려 통화개혁의 실패로 국민들의 반발과 빈축만 사고 미국의 싸늘한 눈초리에 시달려야 했다. 원조로 살아가는 나라가 상의도 없이 멋대로 경제시책을 발동했으니 밉기도 했을 것이다.

숨이 넘어가던 혁명정부를 살려 준 게 1962년부터 늘어나기 시작한 공산품 수출이다. 이승만 정부 때도 수출계획은 있었지만 농산물이 40퍼센트, 그리고 광산물이 32퍼센트로 무려 70퍼센트 이상이 1차산업과 원재료였다. 혁명정부의 초창기 수출전략도 여기서 크게 벗어나지 못했다. 그런데 이변이 일어났다. 1963년의 공산품 목표치는 640만 달러였는데 막상 실적은 2,810만 달러를 달성하면서 오히려 농산물과 광산물을 압도해 버린 것이다. 후진국의 고정 수출 레퍼토리인 농산물과 광산물의 실적을 공산품이 능가하는 순간 혁명정부의 방향은 그쪽으로 잡혔다. 만들어서 내다 팔자. 이는 물론 수출시장의 지경학적 변화라는 요소가 작용한 것이기는 했지만 혁명정부의 기를 살리기에는 충분했다. 이 자신감으로 혁명정부는 본격적으로 경제발전의 액셀러레이터를 밟기 시작했고 1964년에는 '수출만이 살 길이다'라는 절박한 슬로건까지 등장한다. 박 대통령은 책에서 이 부분을 "고도성장을 주도한 부문은 제조업이었다"(103쪽)라며 흐뭇해 하고 있는데, 드디어 대한민국이 농업국가에서 공업국가로 그 체질을 바꾸기 시작한 것이다.

그러나 무엇보다 중요한 것은 단순히 수출이 늘어난 것이 아니라 수원(受援) 국가(원조 받는 나라)라는 오명을 졸업한 것이다. 1961년 31퍼센트에 달했던 원조의 세입 비중은 1971년 3퍼센트대로 떨어졌다. 이 부분을 박 대통령은 이렇게 적고 있다.

> 이제 우리는 외국 원조가 끊겨져도 우리의 세수만으로 충분히 나라 살림을 꾸려 나갈 수 있게 되었다. 원조로 연명하던 세월에 비해 격세지감이 느껴지지 않을 수 없다. 우리는 이를 매우 흐뭇하게 생각하고 있으며, 더욱 고무적인 것은 이렇게 되기까지 온 국민의 적극적인 협조가 있었다는 사실이다. (111-112쪽)

꿈에도 바라 마지않던 수원국가 졸업과 함께 눈여겨볼 부분은 경공업 중심에서 조금씩 중공업 부문으로 수출의 주력이 바뀌기 시작한 것이다. 이는 곧이어 있을 유신과도 관련이 깊다. 정부 주도의 중화학공업이 유신이 아니어도 가능했을 것이라는 주장과, 유신과 중화학공업은 동전의 양면이라는 주장은 오랫동안 논쟁거리였다. 수출이 늘고 살림살이가 펴졌다고는 하지만 박 대통령의 정책이 모든 국민의 전폭적인 지지 속에 시행된 것은 절대 아니다. 정치권은 물론이고 언론과 학계에서는 틈만 나면 박 대통령의 정책을 물고 늘어졌으며 1973년 박 대통령이 중화학공업화를 선언할 때 경제기획원은 물론이고 IMF와 IBRD까지 나서서 반대한 것은 널리 알려진 사실이다. 그러나 자주국방이라는 목표까지 마음속에 그리고 있던 박 대통령에게 중화학공업화는 우회하거나 건너뛸 수 있는 산이 아니었다. 누군가 지적한 대로 "유신은 박 대통령이 발명한 근대화 머신"이었던 것이다. 『민족의 저력』의 네 번째 챕터인 '도약의 1960년대'는 이에 대한 꼼꼼하고도 상세한 기록으로, 슬슬 배짱이 세지는 박 대통령의 말투와 모습은 당시 대한민국의 또 다른 얼굴이다.

외교

한편 대외적인 외교 불안도 책에서 비중 있게 다뤄지고 있다. 당장 우리가 파병을 한 베트남전쟁은 날이 갈수록 진흙탕 속으로 빠져들고 있었고 미국은 조금씩 발을 빼고 있었다. 동서 냉전은 가속화되고 새로 독립한 제3세계 국가들의 유엔에서의 발언권이 커지는 가운데 유엔에서의 대한민국의 지위가 흔들리고 있었던 것이다.

그런데 해마다 대한민국 정부 대표만이 초청되었던 유엔에 기상 변화가 일어났다. 중공 의석 문제(침략자로 규정됐던 중공의 유엔 가입)에 대한 표결에서 가입에 찬성하는 나라들이 증가하는 경향이 나타난 것이다. (…) 아시아 · 아프리카 신생독립국들이 이른바 '비동맹국'의 중립 노선을 취하며 대거 유엔에 가입한 1960년을 분기점으로 하여 유엔의 세력 판도는 새로운 양상을 띠게 된다. 그 결과 유엔에서의 한국문제는 많은 시련을 겪게 되는데 가령 제15차 유엔총회 때부터 한국통일결의안에 대한 찬성 득표율이 회원국 증가와 반비례하며 현저하게 감소한 것이다. 그리고 '유엔의 권위를 수락'하는 조건으로 북한 대표를 유엔에 초청하자는 스티븐슨 미국 대표의 수정안이 제기되는 시기부터는 핵심 의제인 한국 통일 문제 외에도 북한 대표 초청을 둘러싼 절차 문제가 중요한 문제로 등장하게 된다. (136-137쪽)

중공의 유엔 가입 문제가 찬성 쪽으로 흘러가고 아시아 · 아프리카의 신생들이 대거 독립하면서 이른바 비동맹운동에 불이 붙기 시작한 끝에 급기야는 북한 대표의 유엔 초청이라는, 당시 대한민국 입장에서는 어이없는 일들이 벌어지기 시작했다. 『민족의 저력』이 출간된 것이 1971년 3월인데 이때부터 박 대통령은 중공 문제에 민감한 반응을 보인다. 그리고 박 대통령의 불안은 얼마 후 현실이 된다. 1971년 10월 25일 밤 미국 뉴욕 유엔본부에서 열린 유엔총회에서 놀라운 일이 벌어진다. 중공이 자유중국을 대신해 유엔의 회원국으로 들어온 것이다. "형사피고인이 재판장석에 앉게 됐다"는 탄식은 아직 사태를 반의 반도 못 본 것이었다. 중공 가입에 반대했던 일본은 "대만은 중국의 일부"라고 입장을 바꿨고 1972년 중공을 전격 방문한 닉슨 대통령은 마오쩌둥(모택동)과의 회담 끝에 「상하이 공동성명」을 발표했다. "중공이 중국을 대표하며 대만은 중국의 일부"라는 요지의 성명이었다. 국제정세가 뿌리부터 흔들리고 있었다. 이러한 국제정세의 냉혹한 흐름이 대한민국이라고 피해 갈 리 없었다.

이러한 일부 친공, 중립 국가들의 움직임은 1967년에 들어서면서부터 더욱 활발해진 북한의 아시아·아프리카 중립국 침투공작에 의해 제22차 총회에서는 한층 더 뚜렷해진다. 이들은 공산 측과 함께 남북한 대표 동시초청안과 유엔군 철수안, 언커크 해체안의 공동제안국이 되었으며 관계국가 회의소집과 한국문제 삭제안 제출에 앞장섰다.

이와는 대조적으로 일부 자유 우방국가, 특히 유엔 참전국들 사이에 한국문제를 등한시하는 경향이 보이기 시작했다. 즉, 호주, 캐나다, 뉴질랜드 등 영연방 국가들의 한국문제 자동상정 재고 권유, 1966년 8월 11일 칠레의 언커크 탈퇴 통고, 같은 언커크 회원국인 파키스탄의 탈퇴 의사 표시 그리고 6·25 참전국들 중 일부 국가의 유엔 통일한국결의안 공동제안국 이탈 현상 등이 바로 그것이다. 참전국 중 프랑스와 그리스는 제20차 총회 때, 그리고 터키는 제21차 총회 때 발을 뺐으며, 캐나다도 탈퇴 의사를 표시하기에 이르렀다. (137-138쪽)

언커크(UNCURK, 유엔 한국통일부흥위원회)는 한국의 통일부흥 임무를 위한 기구이고 통일의 주체는 항상 대한민국이었다. 그런데 이를 해체하자는 움직임이 벌어지고 회원국들이 탈퇴하는 상황이 발생하기 시작한 것이다. 심지어 6·25 참전국들까지 '유엔 통일한국결의안 제안국'에서 탈퇴하는 상황에서 박 대통령의 반공과 자주국방 노선은 더 강경해질 수밖에 없었다. 체제경쟁이라는 절박한 상황에 놓인 박 대통령의 고민을 읽을 수 있는 부분이다. 국제정치의 냉혹함 그리고 그 안에서 어떻게 살아남을 것인가에 대한 당시의 문제 제기는 오늘도 반복되고 있다. 그런 점에서 흘러간 옛날이야기처럼 한가하게 읽을 수 없는 장이기도 하다. 역사는 반복되기 때문이다.

저력

이 위기를 넘을 수 있는 것은 결국 민족의 '저력'이다. 박 대통령은 이 저력의 강조를 위해 민족사의 고난과 그 극복의 역사를 힘 있게 써 내려간다. 특히 홍익인간의 이념과 함께 화랑도의 기개를 주목하는데, 그 두 가지 정신이 융성하였을 때는 마찬가지로 국운 또한 뻗어 나갔으며 그 정신이 쇠퇴하였을 때는 국운 역시 내리막길이었다는 지적이 신선하다. 이어 개화기 선각자들의 근대화운동의 역사를 일별하는데 갑신정변과 동학농민운동을 특히 주목한다. 박 대통령의 주요한 의제 중의 하나가 '지도자론(論)'이다. 이미 5·16 당시부터 『지도자도(指導者道)』라는 팸플릿을 발간하여 지도자의 중요성을 설파하고 있는데 두 운동의 실패 원인 분석에도 지도자 부재 혹은 지도 원칙 부재라는 해석을 달고 있는 것이 도드라진다. 결론은 "우리 민족은 평화를 사랑하지만 그것을 부당하게 침해당했을 때는 과감하게 저항하고 맞서서 항거하는 민족"이라는 이야기다. 사료로서 다소 아쉬운 점이 있다면, 언급이 되어야 마땅한 구한말 1904년부터 1909년까지 일제와 벌인 대규모 국민전쟁이 빠져 있는 것인데, 당시 한국 사학계의 지적 형편 상 어쩔 수 없는 일이었다고 생각한다.

민족

분량은 많지 않지만 『민족의 저력』에서 절대 빼 놓을 수 없는 부분이 「국민교육헌장」에 대한 설명이다. 한동안 누구나 외웠지만 지금은 누구도 그 존재 자체를 자랑스럽게 말하지 않는 국민교육헌장은 박 대통령에 대한 오해 중 절정이다. 비난자의 대부분이 일본의 「교육칙어」를 베낀 것이라고 흠을 잡는데, 글에서 언급된 핵심 단어를 시각화하는 기법인 워드 클라우드(word cloud)를 통해 둘을 비교하면 그게 얼마나 근거 없는 주장인지 알 수 있다. 서강대 한영수 교수의 작업을 통해 본 국민교육헌장과 「교육칙어」의 핵심 단어는 국민교육헌장이 '우리, 정신, 발전, 창조, 자유' 등인 반면 「교육칙어」의 핵심은 '신민(臣民), 우리, 너희, 하나, 황조(皇朝), 준수' 등으로 둘이 같다고 하기에는 심하게 무리가 있다.

그러면 국민교육헌장은 대체 왜 그리고 어떻게 만들어진 것일까. 그 단초는 1968년 대통령 연두기자회견과 같은 해 6월 15일의 연설에서 찾을 수 있다. 연두기자회견에는 '제2경제'라는 개념이 등장한다. 간단히 설명하자면 경제 외적인 과제로 경제발전을 추동하는 새로운 국민정신이다. 6월 15일의 연설에서는 "한국의 근대화 과정에 있어서 국민교육의 장기적이고 건전한 방향을 정립할 시민생활의 건전한 생활윤리 가치관을 확립하는 것이 우리의 근대화와 민족 만년의 대계를 위해서 극히 중요한 일"이라는 점을 강조하고 있다. 이렇게 해서 나온 것이 「국민교육헌장」이다.

그렇다면 이는 박정희 시대의 유난스러운 국가주의적 경향일까. 미국의 초등학교에서도 한때 유사한 형태의 선언문을 외는 것이 수업의 시작이었다. 경계해야 할 것임에는 틀림없으나 민족주의와 국가주의의 긍정적인 부분은 분명 존재한다는 사실을 인정해야 한다는 얘기다.

마지막 문장

아시다시피 『민족의 저력』은 "중단하는 자는 승리하지 못하며, 승리하는 자는 중단하지 않는다"(176쪽)라는 유명한 문장으로 끝난다. 박 대통령은 카피라이터 기질이 뛰어났던 사람이다. '올해는 일하는 해'라는 구호를 내걸었던 다음 해에는 '올해는 더 일하는 해'라는 구호가 등장했다. 단순하지만 '더'라는 단글자 때문에 문장이 확 살아난다. 알아듣기 쉽고 귀에 쏙쏙 들어오는 짧고 간단한 용어의 구사는 박 대통령의 특기였다. 오로지 비난밖에는 관심이 없는 사람들은 그걸 직접 썼겠느냐 따진다. 그러나 아무리 훌륭한 의견이 올라와도 언어감각이 떨어지는 사람은 절대 그걸 알아보지도, 채택하지도 못한다. 중단 없는 승리의 길, 이 얼마나 명료한 주제인가.

한편 이전의 저작들인 『우리 민족의 나갈 길』이나 『국가와 혁명과 나』에 비해 『민족의 저력』은 훨씬 안정된 문장과 다듬어진 문체를 구사하고 있다. 덕분에 풀어 쓰기가 한결 수월했다. 모두가 GNP 198달러의 힘이다.

2017년 10월

남정욱

머리말

　5·16혁명 직후, 나는 우리 민족사를 통해 조국의 진로를 밝혀 줄 한 줄기 빛을 찾아보려는 생각으로 『우리 민족의 나갈 길』을 저술한 바 있다. 그로부터 십여 년이 흘렀다. 반만년 긴 역사를 이어 온 우리에게 10년이란 세월은 영겁 속의 한 순간처럼 참으로 짧은 시간이다. 그러나 그 짧은 시간에 우리는 일찍이 우리 조상들이 수백 년을 두고도 엄두조차 못 냈던 거창한 중흥 과업을 성공적으로 추진하고 성공시켰다. 도시와 농촌, 벽촌이나 낙도 그 어디에서나 십 년 성장의 성과가 나타나고 있는 조국의 밝은 모습을 보면서 나는 땀 흘려 일해 온 온 국민과 더불어 벅찬 환희와 긍지를 느낀다.

　그러나 그 무엇보다도 가장 흐뭇한 일은 우리 민족이 드디어 오랜 은둔과 동면에서 깨어나 크게 깨달아 힘차게 분발하기 시작했다는 사실이다. 지금 우리는 수난과 시련 속에서 다듬어진 민족의 저력을 재발견하여, 미래에 대한 자신과 의욕과 사명감을 새로이 일깨워, 뜨거운 정열과 분발로써 민족의 중흥을 위해 합심하여 전진하고 있다. 민족 전체에 자신과 의욕과 긍지가 넘쳐흐르고 적극성과 진취성이 가득 차고 넘칠 때, 그러한 민족은 남보다 앞서 발전했고 중흥을 이룩했다는 것은 인류 역사의 산 교훈이다.

나는 지난 1960년대에 얻은 민족의 자각과 자신과 의욕을 가장 값진 정신자원이라고 보고 있으며, 바로 여기에 조국의 밝은 앞날을 기약할 수 있는 민족의 길과 빛이 있다고 믿고 있다. 자양분을 스스로 만들어 내는 비옥한 대지 위에 아름다운 꽃이 피고 풍성한 열매가 열리듯이, 자주·자립·자조의 정신이 넘쳐흐르는 민족 저력의 토대 위에 반드시 만세에 길이 빛날 우람한 중흥의 금자탑이 세워지리라는 것을 나는 굳게 확신한다.

조국의 과거와 현재와 미래를 내 나름대로 다시 한 번 돌아보고 평가하고 전망해 본 이 소책자의 제명을 『민족의 저력』이라고 한 것은, 우리 민족의 무한한 저력이 힘차게 솟구치면 솟구칠수록 우리의 거창한 역사적 과업은 그만큼 빠른 시일 내에 완수되리라는 나의 신념을 담으려는 뜻에서다. 나라의 주인은 국민이며 1970년대의 국운은 스스로 일어서고, 스스로 돕고, 스스로 지킬 줄 아는 우리 자신의 분발과 노력에 달려 있다는 나의 확신에 대해 모든 국민들은 공감해 주리라 믿는다.

1971년 3월 1일

박정희

차례

제1장

빛나는 유산

'코리아'라고 하면 세계인들은 아마 이런 단어들을 떠올릴 것이다. '신생국가', '분단국가' 그리고 '전란국가'다. 새로 독립했고 나라가 반으로 갈려 있으며 그 땅에서 전쟁이 났던 나라로 우리를 알고 기억하는 것이다.

제2차 세계대전 후 식민통치에서 해방된 나라들을 신생국가라 부른다면 우리는 '신생국가'가 맞다. 그러나 역사적인 관점에서 봤을 때 우리는 나라 없는 유랑 민족이나 부족사회가 금세기 들어 처음 국가의 통일을 본 신생독립국가들과는 그 차원이 다르다. 우리가 본격적으로 국가 형태를 갖춘 것은 무려 4천 여 년 전의 일이기 때문이다. 아시다시피 우리나라에는 단기(檀紀)라는 고유의 연호가 있다. 단군이 나라를 세우고 즉위한 해인 기원전 2333년을 시작으로 하는 연호인데 이는 중국 역대 제국들의 연호와 같은 것으로 그 연호로 따지면 금년(1971)은 단기 4304년이 된다. 거의 반만년의 역사요, 신생이라는 말을 절대 갖다 붙일 수 없다는 이야기다.

또한 국토분단 역시 우리 역사 1,300여 년 만에 처음 있는 사태다. 676년 신라가 삼국을 통일한 이후 우리는 단 한 번도 국토와 민족이

갈리고 잘린 적이 없다. 물론 그 중간 중간 부패하고 무능한 위정자를 몰아낸 혁명을 통해 신라가 고려로(935), 고려가 조선으로(1392) 왕조가 이름표를 바꿔 달기는 했지만 하나의 통일민족국가로서의 명맥만큼은 면면히 유지해 왔던 것이다.

결국 '전란국가' 하나만 맞는 셈이다. 그러나 '전란국가'의 의미가 전쟁으로 주저앉은 황폐한 나라라면 우리는 더 이상 전란국가가 아니다. 우리는 전란으로 추락한 것이 아니라 그것을 딛고 일어선 '전란 극복'의 나라이기 때문이다.

우리는 근본적으로 평화를 사랑하는 민족이다. 그러나 지정학적인 이유로 우리는 항상 침략의 대상이거나 침략의 경로였다. 북방민족은 매번 우리를 해상 진출의 거점으로 삼으려 했고 해양국가는 대륙 공략의 전진기지로 우리를 확보하려 했다. 그러다 보니 지난 2천여 년간 무려 930회에 달한다는 침략 중 자잘한 것은 빼고 큰 침공만 모두 아홉 번이었다. 수(隋)나라, 당(唐)나라 등 한족(漢族)의 침략이 네 번, 다음에는 거란이 한 번, 원(元)나라가 한 번, 일본이 두 번, 청(淸)나라가 한 번이다. 이렇게 우리는 수백 년 동안 한족, 몽골족, 만주족, 일본족에게 번갈아 시달림을 당했고 국토를 짓밟혔다.

놀라운 것은 우리 민족이 그처럼 여러 차례 이민족의 침략을 당하면서도 국가의 독립성을 끈질기게 유지해 왔다는 사실이다. 그처럼 큰 시련을 겪으면 보통은 종족이 아예 사라지거나 최소한 민족의 얼과 언어와 문화를 상실하기 마련이다. 그러나 우리는 거의 200년에 한 번씩, 그것도 우리보다 몇 배 많은 인구와 병력을 가진 나라들의 침략을 당하면서도 혈통적으로, 문화적으로 통일된 민족국가를 보존해 왔다. 이것은 인류 역사를 통틀어 경이로움 그 자체라 말해도 손색이 없을 것이다. 국권을 짓밟은 일제는 무려 30여 년에 걸쳐 우리 문화를 말살하고 조선을 일본에 동화시키기 위해 갖은 획책을 다 부렸다. 그러나 그들의 의도는 마치 연잎에 떨어지는 빗방울처럼 그저 스치고 지나갔을 뿐 우리 문화에 털끝만큼도 스며들지 못했다. 도리어 우리 민족은 그처럼 가혹하고 연속적인 충격 속에서도 위축되거나 좌절하지 않고 충격을 자극 삼아 더 큰 활력을 만들어 냈다.

인구의 감소는 민족이 겪은 수난에 비례한다. 우리는 어땠을까. 380년 전 임진왜란 당시 400만으로 줄었던 인구는 약 200년 전인 영조 때에 이르러 700만으로 회복되었고 60년 전에는 1,500만이었다가 지금은 남북을 합하여 약 5천만으로 세 배 이상 늘어났다. 앞으로 30년 후면 우리 인구는 8천만이 넘을 것으로 예상된다. 이는 우리 민족의 사명이 과거에 있지 않고 미래에 있다는 것을 알려주는 수치요 상징이 아닐 수 없다.

우리 민족이 끊임없는 불행 속에서도 독립성과 긍지를 잃지 않았던 또 한 가지 이유는 문화적 창작 역량이다. 일찍이 한나라의 문물을 시작으로 우리는 삼국시대에 스스로 불교를 들여왔으며 당나라

문화, 송나라 문화 그리고 원, 명, 청 3대의 문화를 받아들여 보다 높은 차원으로 승화, 발전시켰다. 신라와 고려는 불교를 수용하여 세계적으로 명망을 떨친 고승을 배출하며 그 이론적 수준을 높였다. 조선은 유교를 긍정적으로 받아들여 보다 높은 차원의 한국적 유교로 발전시켰다. 조선 말에는 유럽의 근대사상과 기독교를 흡수하고 소화하여 실학사상을 우뚝 세웠다. 이는 모두 우리 민족의 문화적 창조력을 증명하는 산 증거라 할 수 있겠다.

계곡의 작은 물줄기가 흐르고 흘러 큰 강으로 모이듯 우리의 정신문화는 그야말로 동아시아 문화의 거대한 저수지를 이루었다. 그 대표적인 예로 우리의 음악을 들 수 있다. 우리 음악은 서부아시아와 인도, 중국, 몽골, 만주 등 아시아 모든 민족의 음악을 집대성하여 만들었다고 한다.

그러나 우리가 무엇보다도 자랑스럽게 생각하는 것은 과학과 문화와 예술 분야에서 발휘한 민족 고유의 독창성이다. 우리는 세계 최초로 금속활자를 발명했다. 이는 구텐베르크의 1450년보다 200여 년이 앞선 1234년의 일이다. 세종대왕 때에는 측우기(1442)를 만들었고 조선의 명장 이순신은 철갑선으로서는 세계 최초인 거북선을 제작했다.

이러한 독창적 창작 중에서 가장 으뜸은 역시 한글이다. 인류가 만들어 낸 글자는 수없이 많지만 우리의 한글처럼 글자를 만드는 원리와 글자의 모양이 과학적인 바탕에서 이루어진 고급 글자는 극히 드물다. 읽고 쓰기 쉬우며 무엇보다 배우기 쉬운 한글은 우리 민족문화의 정수이자 자랑인 것이다. 특히 한글을 창제한 세종대왕의 높은 뜻이 내 나라의 독자적인 글자를 가지려는 '자주정신'에 있었고 만백성이 널리 쓰도록 하겠다는 '민주 이념'에 있었다는 점에서 우리 문화 발전의 모체로 삼아야 할 소중한 유산이라 하겠다.

이처럼 장구한 역사의 산맥을 거슬러 올라가 보면 우리 민족은 그 어느 민족에게도 뒤지지 않는 자주적, 민주적, 문화적 민족이요, 오랜 전통을 이어 온 통일민족국가에다, 비록 이민족의 무수한 침략을 받아 방위적 투쟁을 전개하기는 하였으나 그 근본에 있어서는 평화를 사랑하는 민족임을 알 수 있다.

이러한 자주와 민주 그리고 평화와 통일로 상징되는 민족정신은 우리의 건국이념인 홍익인간(弘益人間)과 통일신라의 정신적 지주였던 화랑도에서 그 연원을 찾아볼 수 있다.

'홍익인간'은 우리 민족의 시조인 단군의 건국이념을 한마디로 표현한 것으로, '널리 인간사회를 이롭게 한다'라는 의미다. 사람은 서로 알거나 모르거나, 멀리 있거나 가까이 있거나 그 뿌리를 보면 다 같은 형제요 자매로, 서로 도와 화평을 이루어야 하는 존재다. 당연히 개인생활의 목적도 인류사회를 돕는 데 있고 나라를 다스리는 목표도 인류사회를 돕는 데 있다. 그런 까닭으로 홍익인간은 실로 오늘날의 자유민주주의와 상통하는 것이요 세계평화주의와 다를 바 없는 사상인 것이다.

화랑도는 청년 엘리트들이 부모에 대한 효도와 형제 간 우애 그리고 임금에 대한 충성과 벗 사이의 믿음(효제충신孝悌忠信)이라는 이념 아래 모인 집단수양운동이었다. 이들은 인격을 함양하고 도덕적 의리를 연마하기 위해 대자연 속에서 인생을 배우고 우정과 동지애를 다졌다. 동시에 이들은 지방을 순회하는 동안 민생을 살펴 정부에 보고하고 숨은 인재를 천거하며 선행을 표창하고 불의를 징계했다. 그러니까 이동하고 움직이는 정치운동이었던 것이다.

한편 화랑도는 국민적인 군사운동이기도 했다. 이들은 선배나 동료 화랑을 중심으로 낭도(郎徒)를 이루었고 그 낭도는 현대의 군제로 치면 사단 혹은 연대와 같은 기능을 수행했다. 황산벌 전투에서 신라가 백제의 계백 장군에게 패퇴하여 사기가 떨어졌을 때 이들은 단신으로 적진에 뛰어들어 전사함으로써 병사들의 적개심을 다시 솟구치게 만들었다. 살 수 있는 길을 마다하고 기꺼이 명예로운 죽음을 선택한 16세 화랑 관창(官昌)의 이야기는 유명하다. 당나라·말갈 연합군이 쳐들어왔을 때 후퇴하여 목숨을 부지한 아들 원술을 다시 보지 않겠다고 꾸짖은 김유신의 아내 지소부인의 일화는 화랑도가 국민적 군사운동이었음을 말해 준다.

이렇게 화랑이란 존재는 개인의 인격 수양에 정치적이고 군사적인 면을 더한 것임과 동시에 무작정 딱딱한 것이 아닌, 마치 석굴암처럼 위용과 부드러움을 동시에 갖춘 신라 국민의 이상적 인간형이었던 것이다. 우리의 고유 신앙과 불교의 호국사상이 합류되어 만들어진 화랑도는 자주의 정신이며 진취의 기상으로 신라가 삼국을 통일할 수 있었던 원동력이 되었다고 할 수 있겠다.

반만년의 긴 역사를 통해 우리 민족은 몇 차례 왕조를 달리하며 융성과 쇠잔을 반복했다. 이 과정에서 간과해서는 안 되는 교훈이 하나 있다. 그것은 홍익인간의 정신과 화랑도정신이 찬란하게 꽃피웠던 시기는 국가와 민족이 크게 중흥을 이룩했던 때요, 그러한 정신이 해이했던 시기는 반드시 국운이 기울었던 때라는 사실이다. 신라가 통일을 이룩한 시기를 전자의 대표적인 것이라고 한다면 국권을 일본에게 유린당하기 시작한 조선왕조의 말기는 바로 후자의 예라고 할 수 있다.

19세기 말 이전의 우리 역사는 끊임없는 외세 침략에 대한 저항의 역사였고 동시에 독창적인 창조의 역사였다. 그러나 19세기 말엽부터 20세기 중엽에 이르는 시기는 암울했고 퇴영의 시기였으며 수난의 역사였다. 물론 그 시기는 세계 열강이 일으키는 제국주의의 파도 속에 강제로 휘말려 들어간 우리로서는 어찌할 수 없었던 필연의 역사이기도 했다. 그러나 좀 더 냉철하게 보자면 그것은 세계사의 일대 전환기에 대처하는 방안을 잘못 설계했던 우리 자신의 역량 부족이었음을 부인할 수 없으며, 그 결과 우리는 1910년 8월 29일 일본제국에게 국권을 유린당하는 치욕을 맛보아야 했다.

그러나 퇴영과 수난으로 얼룩진 근세 100년에 있어서도 우리의 민족정신은 그 빛을 잃지 않았다. 오히려 우리의 민족정신은 시대를 통찰하는 선각자들의 예리한 시각에 힘입어 개화운동으로 승화되었고 외세에 대한 전 민족적인 저항으로 나타났다. 1884년의 갑신정변과 1894년의 동학농민운동이 전자라면, 후자는 일제의 총칼에 맨주먹으로 맞선 3·1운동일 것이다. 그러나 선각자들의 개화 의지와 노력은 무능하고 부패했던 당시 위정자들의 탄압과 국민들의 미약한 호응으로 결실을 보지 못했고, 3·1의 자주독립운동도 내외 여건의 미성숙으로 국권을 회복하는 데까지는 이르지 못했다.

몇 차례의 자주적인 근대화 시도에 성공하지 못한 우리는 연합국의 승리로 일본의 예속에서 벗어날 수 있었다. 해방이 우리 힘이 아닌 외부에 의해 주어진 것은 사실이다. 그러나 그것이 우리 민족에게 자주, 자립, 번영의 새날을 기약하는 민족적 재기의 출발점이 되었던 것 역시 사실이다. 드디어 우리도 미래에 대한 희망과 기대를 걸 수 있게 된 것이다.

이러한 기대와 희망에 먹구름을 몰고 온 것이 국토분단이었고 송두리째 날려 버린 것이 1950년 6월 25일 북한을 앞세운 국제 공산세력의 침략이었다. 그렇게 전란은 우리를 또다시 시련으로 몰아넣었다.

그러나 1950년대의 그 시련은 결코 헛된 것만은 아니었다. 우리는 시련이 가혹하면 가혹할수록 더 힘차게 일어서는 방법을 터득한 민족이다. 우리는 그 원인에 대한 뼈저린 반성을 했고 자기성찰의 과정에서 자주, 자립, 번영에 대한 자각의 눈을 뜨기 시작했다. 이러한 전 국민적 자각이 표출된 첫 번째 성과가 부정과 무능으로 상징되는 근대 한국의 압축판, 자유당 정권을 무너뜨린 1960년의 4·19학생봉기였다. 그리고 4·19학생혁명이 민주당 정권의 자유당 다시 반복하기로 허사로 돌아갔을 때 국가재건을 위한 결정적인 행동으로 떨쳐 일어난 것이 그다음 해의 5·16군사혁명이었던 것이다.

혁명 이후 어느덧 9년이라는 시간이 흘렀다. 그동안 우리 민족은 다시는 과거의 전철을 되풀이하지 않겠다는 각오로 자주와 자립 그리고 번영과 통일을 이루기 위한 조국근대화와 민족중흥의 역사적 과업을 추진해 왔다. 우리는 1960년대에 착수한 이 과업을 1970년대에는 기필코 완성할 것이다.

찬란한 민족사의 기록이 민족적 과업을 성취하는 데 자신감과 긍지를 불러일으키는 원천이라면, 불행했던 근세 100년의 기억은 분발과 노력을 자극하는 촉진제다. 어떤 일을 성취함에 있어 자신감과 용기는 필수다. 그러나 더욱 중요한 것은 분발과 노력을 줄기차게 이어가는 것이다. 분발은 불리한 여건을 타개하고 새로운 경지를 개척하려는 굳센 의지의 시작이다. 노력은 이러한 의지를 실천에 옮기는 생산적인 행동이다.

우리는 자랑스러운 역사와 전통을 지니고 있다. 그러나 오늘의 시점에서는 자랑보다 불행했던 역사를 더욱 귀중하게 생각해야 한다. 불운했던 과거를 성찰하는 것은 우리의 자각과 분발을 더욱 강하게 만들어 주기 때문이다. 자주와 자립, 번영과 통일의 중흥 과업 완수를 다짐하는 1970년대의 문턱에서 나는 퇴영과 혼돈, 고난과 불행의 연속이었던 근세 100년의 민족사를 회고하고 한국의 현재와 미래에 대해 나 자신의 평가와 전망을 제시해 보고자 한다. 그것이 우리 민족의 보다 큰 분발과 노력을 촉구하는 뜻에서라는 것은 굳이 말씀드리지 않아도 될 것이다.

제2장

시련과 각성

1. 제국주의의 거센 물결

국제사회에서 '힘'은 언제나 높은 곳에서 낮은 곳으로 흐르게 마련이다. 특히 제국주의의 시대는 몇 갈래의 거대한 조류가 '세계의 낮은 곳'으로 노도와 같이 밀려들어 간 역사적 과정이다. '세계의 낮은 곳' 혹은 '얕은 곳'이란 '힘의 진공상태(power vacuum)'를 의미한다. 하나의 국가가 '힘의 진공상태'에 놓여 있다는 말은 강대국들이 벌이는 세력투쟁의 무대가 된다는 뜻이다.

우리가 주권과 독립을 상실하고 예속과 정체의 먹구름 속으로 휘말려 들어갈 수밖에 없었던 비운과 시련도 여기서부터 시작된다. 한국이 오랜 은둔에서 미처 깨어나지 못한 19세기 중엽, 한반도 주변 연안에는 제국주의의 모진 파도가 넘실대고 있었다. 2세기 내내 이어진 영·러 양국 간의 대립 관계를 배경으로 한 제국주의의 물결은 발칸반도에서 이란반도를 거쳐 아프가니스탄으로 동진을 거듭한 끝에 중국대륙에서 거센 물줄기를 이루면서 드디어 한반도 연안에까지 밀어닥친다.

1885년 4월 영국 해밀턴 함대의 거문도 점령은 이를 단적으로 보여 주는 사건인 동시에 또한 강대국 사이의 세력다툼에서 한반도가 차지하는 중요성을 처음으로 일깨워 준 사건이었다. 거문도 점령은 우리의 눈을 밖으로 돌리는 결정적인 계기가 될 수 있었지만 당시 우리의 조정은 이 사건이 시사하는 바를 전혀 이해하지 못했다. 빨간불이 들어왔으나 경종과 교훈이 될 수 있었던 기회를 그대로 넘겨 버리는 과오를 범했던 것이다.

때를 같이하여 또 하나의 거대한 물결이 해일같이 한반도를 뒤덮고 있었으니 바로 한반도에서 치열한 대립을 거듭하던 청나라와 일본제국의 충돌이다. 체제 정비를 마치고 대륙 진출을 기도하던 일본과 이를 저지하려는 청나라가 한반도의 지배를 둘러싸고 각축을 벌인 것은 당시 국제정세로 보아 필연이었다고 할 수 있다.

근대국가로 진입한 일본에게 한반도는 관심의 대상일 수밖에 없었다. 일찍이 서구 제국주의의 물결에 맞서는 대신 그 물결을 받아들여 나라 곳곳의 도랑을 따라 흘러가게 함으로써 세계 정세와 호흡을 같이하며 스스로 제국주의의 한 갈래를 형성한 일본은 마침내 '조선 독립'이라는 명분을 내세우며 한반도에 상륙했다. 말이 좋아 '조선 독립'이지 속셈은 한반도에서 청국이 차지해 오던 오랜 기득권을 잘라내겠다는 이야기였다.

1876년, 자신들이 서구 열강에게 당했던 것처럼 인천 앞바다에 군함을 파견한 일본은 조선의 문호 개방을 내용으로 한 강화도조약을 체결하여 대한(對韓) 정책의 첫 번째 성과를 거둔다. '조공 관계'라는 특수한 한·중 관계에 입각하여 전통적인 종주권을 유지하고자 했던 청나라가 이를 보고만 있을 리가 없었다. 이후 두 나라는 10년 동안 날카로운 대립각을 세우다가 마침내 갑오동학농민운동을 도화선으로 전면전을 벌이게 된다. 예상과 달리 청·일전쟁이 일본의 일방적 승리로 끝나고 청국이 한반도에서 물러가자 일본은 '특별이권'을 주장하며 우리 정부 각 기관에 일본인 고문관을 배치하여 내정간섭을 시작하니 이때부터 정부의 실권은 사실상 일본의 수중에 들어가게 된다. 이후 제국주의 열강의 본격적인 갈등은 청·일전쟁의 결과와 복잡하게 얽히면서 더욱더 치열한 양상을 띠고 전개된다.

본격적인 갈등은 러시아, 프랑스, 독일 세 나라의 동맹을 등에 업은 러시아의 아시아 진출에서 시작된다. 러시아는 일본이 시모노세키조약을 통해 청나라로부터 할양받은 랴오둥(요동)반도를 반환하도록 강요하는 한편 한반도에서 일본이 확보한 '특별이권'에 도전하기 시작한다. 러시아의 본격적인 개입은 일본인 자객에 의한 조선 왕비의 참살과 러시아 공관으로 조선의 황제가 피신하는 이른바 '아관파천'을 불러온다. 이 무렵 영국은 그들의 전통적인 비동맹 고립 정책을 포기하고 일본과 동맹을 맺는다. 당연히 러시아의 남하 견제가 목적이었다. 러·일전쟁은 러시아와 일본을 대리인으로 앞세운 영국의 세력다툼이었다. 놀라운 일이 벌어진다. 중국에 이어 일본이 러시아를 격파한 것이다.

청·일전쟁에 이어 러·일전쟁의 격랑이 휩쓸고 지나간 한반도에서는 조선이라는 민족국가의 흔적마저 희미해지고 있었다. 우리에게는 힘이 없었다. 제국주의 시대의 조선은 무력할 대로 무력한 힘의 진공 상태의 연속이었다. 미국의 루스벨트 대통령이 "조선인들은 자국의 이익을 위해 주먹 한 번 불끈 쥐어 보지 못한다"며 개탄한 것도 이 무렵의 일이지만 솔직히 말해 제국주의의 광란 속에서 조선인들이 아무리 주먹을 단단히 쥐어 본들 그게 무슨 소용이겠는가.

우리 땅에서 열강이 지배권을 놓고 치열한 각축전을 벌일 때 우리의 지도층은 자주적인 개혁의 모색은커녕 오히려 세력별로 나뉘어 각기 외세를 등에 업고 권력투쟁에만 몰두했다. 그 조잡한 권력투쟁은 외세의 알력과 대립을 가중시켰고 위험을 더욱 키워 갔으니 세상에 이런 어리석음이 없었다.

그러나 이런 절망적인 상황 속에서도 우리의 자주의식은 결코 송두리째 사라져 버린 것은 아니었으며 우리 민족 전체가 잠에서 깨어나지 못했던 것도 아니다. 개화 초기부터 국권 상실에 이르는 20여 년 동안 우리의 선각자들은 역사와 현실을 꿰뚫어 보았고 그 속에서 교훈을 찾았으며 새로운 광명을 모색하기 시작했다. 새로운 선각자와 지도세력이 서서히 그리고 조금씩 자라고 있었던 것이다.

2. 근대화의 선구자들

영국의 산업혁명, 프랑스의 민주혁명 그리고 미국의 독립전쟁이 봉건질서를 가차 없이 깨뜨리고 있을 때 조선은 전근대적인 꿈에서 깨어나지 못한 채 전통적 생활을 고수하고 있었다. 그러나 국민 전체가 그랬던 것은 아니었다. 임진왜란과 병자호란을 겪은 후 우리의 선각자들은 국권을 지키기 위한 근대화의 필요성을 자각하기 시작한 것이다.

그 시대 이전의 뛰어난 선각자로 나는 퇴계 이황과 율곡 이이 두 학자를 꼽는다. 이들의 유학적 경륜은 사색에 치우쳐 실리와 거리가 먼 것이 흠이었지만 중국의 그것을 능가하는 탁월한 것이었다.

이러한 형이상학적인 유교사상을 개혁하여 좀 더 현실적인 문제에 몰두한 것이 실학사상이다. 실학사상은 우리 유학자들의 자주의식의 확대에서 시작되었고 중국에서 들여온 견문과 서양사상과의 접촉을 통해 그 폭을 넓혀 간 조국근대화의 첫 봉화였다고 할 수 있다.

다산 정약용으로 대표되는 실학사상에는 철학적 사고보다는 사회 현실의 개혁에 대한 강한 의욕이 반영되어 있었다. 그들은 이를 국가 시책에 반영하고 국가 사업에 활용하고자 무던히 애를 썼으나 당시의 사정은 아직 이를 받아들일 때가 아니었다. 실학사상은 비록 정치적으로 성과를 거두지는 못했지만 그 속에는 전근대적인 폐단을 타파하는 관제개혁, 세제개혁, 교육개혁, 국방개혁 등 새로운 사회를 향한 개혁의 열망이 담겨 있었다. 이는 19세기 초엽 우리나라에 들어온 기독교에 의한 사회개혁운동에도 많은 영향을 주었다.

오랫동안 통치의 원리였던 유교는 귀족계급과 서민계급을 엄격히 구별하고 한문에 대한 지식을 귀족의 상징으로 삼았으며 여성에 대해서는 심각한 차별과 불평등한 대우로 일관해 왔다. 덕분에 청나라를 통해 들어온 기독교의 평등사상은 압박에 시달리던 서민계급과 여성들의 전폭적인 지지 속에 빠르게 확산되었다. 이러한 확산에는 전도의 수단으로 쓰여진 한글 성경의 보급이 큰 역할을 했는데 이를 통해 인권에 대한 자각이 급속히 높아지게 된다. 그러나 위정자들은 전통적인 유교사상과 배치된다는 이유로 이를 강력하게 탄압했고, 때문에 세계 도처에서 사회개혁에 크게 기여한 기독교도 개화 초기의 우리나라에서는 큰 힘을 쓰지 못했다. 그 결과 우리 민족은 모처럼 만에 찾아온 소생의 기회를 놓쳤고 결국 아무런 준비도 못 한 채 제국주의의 격랑 속에 휩쓸리고 만 것이다.

이때까지의 개혁운동은 무자비한 탄압으로 많은 희생자를 내면서도 결코 과격성을 띠지 않았고 점진적인 사회개선을 기대하는 온건한 것이었다. 그러나 제국주의 열강의 분할정책 속에서 우리 조정이 무기력하게 속수무책으로 무너지자 민족의 생존을 우려한 우리 선구자들의 근대화운동은 급격히 구국운동으로 변모되었고 급진적인 사회개혁을 시도하게 된다. 이러한 기운 속에서 10년의 간격을 두고 일어난 두 개의 획기적인 사건이 바로 갑신정변과 갑오동학농민운동이다.

1884년 10월 17일에 일어난 갑신정변은 근대화의 필요성을 뼈저리게 느낀 김옥균을 중심으로 진보적인 애국 청년들이 개화독립당을 조직하여 일으킨 사건이다. 이들은 당시의 국제정세를 깊이 통찰하고 그 속에서 급속한 발전을 이룬 일본의 경험을 참고하여 민족의 생존과 조국의 독립을 보전하기 위해서는 근대화가 초미(焦眉)의 급선무라는 확신 끝에 청나라 세력에 의존하는 '수구사대당'을 소탕하려한 것이다. 이들이 내건 14개조의 혁신정책은 근대화를 위한 새로운 구상이었다. 그들은 이 개혁안에서 사대외교를 집어치우고 독립국으로서의 체통을 갖추자는 주체적 의식을 뚜렷이 드러냈고, 귀족의 전횡을 배제하고 근대적인 민주주의 원리에 입각한 인간 평등의 권리를 주장했으며, 모든 제도를 간소화하여 국비를 절약하자는 합리적 방안을 제시했다. 또한 탐욕과 부정에 찌든 벼슬아치들과 그 하수인들의 죄를 물어 국가 기강의 확립을 강조했고, 근대적인 경찰제도와 군사제도를 수립하자고 외쳤으며, 정치에 있어서는 한 사람의 독단을 배제하고 합의제를 채택하여 근대적 정치체제를 지향하자고 제의했다. 생활이 어려운 백성들을 보호하는 근대적인 사회정책의 실행과 정치범에 대한 정치적 아량을 베풀자는 것 역시 이들의 혁신정책에 들어 있는 주요한 주장이었다. 요약하면 자주적 터전 위에 근대적 민주주의 원리의 정치를 해보겠다는 것이었다. 이는 실로 우리나라 근대화 운동에 있어서 기초적이기는 하지만 크게 한 걸음을 내디딘 사건이었다.

그러나 개화독립당의 염원은 일본의 배신과 청국의 간섭으로 사대보수파에 의해 불과 3일 만에 처참한 좌절로 정변을 마무리하게 된다. 젊고 강렬했던 의욕은 왜 이렇게 허망하게 무너지고 말았을까. 근대화운동은 한마디로 말해 국민 대중을 다 같이 잘살게 하자는 것인데 이를 위해서는 먼저 국민 대중 사이에 근대화에 대한 의식이 뚜렷해야 한다. 그러나 갑신정변의 경우 몇몇 선각자들만이 근대화 의욕에 불타올랐을 뿐 국민 대중은 아직도 전근대적인 의식에 매몰되어 있었다. 당연히 김옥균 일파의 혁신운동은 국민 대중의 호응을 받지 못했던 것이다.

혁명을 완수하려면 사전에 치밀한 계획과 조직이 완비되어야 한다. 갑신정변은 그 점에 있어서도 미비한 부분이 너무나 많았다. 또한 우리나라의 지정학적 위치 상 우리나라를 둘러싸고 있는 청나라와 일본의 동향을 잘 알고 있어야 했지만 갑신정변은 그 점에 관해 지나치게 소홀했다. 그들이 일본을 과신한 것도 잘못이요 청국의 간섭을 예견하지 못했다는 것도 큰 실수였다.

비록 갑신정변은 실패했지만 그러나 그것은 다음에 올 개혁운동에 많은 교훈을 주었다는 점에서 의미를 찾을 수 있을 것이다.

갑신정변이 있은 지 10년 후인 1894년(고종 31년) 3월 21일 동학 농민운동이 벌어진다. 전봉준 등이 전라도 고부에서 일으킨 동학농민운동은 우리 역사상 드물고 놀라운 민중의 자발적인 항거운동이었다. 개화독립당이 서구적인 근대화를 지향한 것이었다면 동학농민운동은 반(反) 서구적인 근대화를 지향했다. 이 봉기의 사상적 밑받침이 동학이다.

동학의 요점은 '사람이 곧 하늘'이라는 인내천(人乃天) 사상으로, 동학은 그 근본을 한국의 고유 신앙에 두면서 유교, 불교, 도교의 동양 종교를 종합하여 기독교에 대립하는 사상으로 만들어진 것이었다. 동학(東學)이라는 명칭도 당시 기독교를 서학(西學)이라고 부르던 데 대한 대립적인 의미였다. 그러나 실제 그 교리를 보면 기독교 사상도 적지 않게 참작한 것이 사실이다. 즉, 동학은 서학에 대항하기 위해 만들어진 것이지만 서학의 장점을 받아들였고, 전통적인 민간신앙, 유교, 불교 등이 모두 녹아 있었던 생각이요 종교였던 것이다.

동학에는 두 가지 정신이 뚜렷하게 드러나 있었다. 그 하나는 서구 열강과 신흥 일본 세력에 맞서 조국을 수호하겠다는 강렬한 민족적 주체정신이었다. 다른 하나는 억압적인 지배에 시달리던 서민계급, 그중에서도 특히 농민에게 만민평등의 복음을 주자는 민주적 자유정신의 강조였다. 이들은 또한 조선시대에 사회적 차별을 받던 일곱 가지 천한 사람인 '칠반천인(七般賤人)'의 대우 개선도 요구하여 노비 해방과 함께 모든 천민의 해방을 주창하였다.

당연히 동학은 농민층의 열성적인 지지를 얻은 반면 집권층으로부터는 요사스러운 종교라 규정되어 매서운 탄압을 받았다. 교주인 최제우는 처형당했지만 동학을 신봉한 농민들은 끝내 혁명을 일으켜 전국 방방곡곡에 새로운 혁신의 기운이 감돌게 했다. 이에 당황한 조정은 청나라와 일본의 군대까지 투입하여 진압에 나섰고 결국 이 농민들의 혁명은 1년 만에 관군에 의해 소탕되고 만다.

이들이 내건 12개 조의 개혁 조목을 보면 탐관오리의 숙청, 동학 농민군의 참정권 요구, 양반 토호들의 탐욕과 포악 배격, 토지 재분배 요구, 노비 해방 등 반 봉건적 개혁 요구와, 일본 세력의 배격, 일본군과 내통한 자의 엄벌 등으로 갑신정변 때의 개혁 정강을 한참 뛰어넘는 혁신적인 주장임을 알 수 있다.

갑오동학농민운동의 실패 원인은 무엇보다 지도력의 빈곤이었다. 그들의 단결은 충분하지 못했고 정세에 대한 통찰은 결여되어 있었으며 민중에 대한 조직은 부족했다. 이 모든 것이 지도력의 빈곤에 기인하는 것으로, 이러한 결핍이 모처럼의 민중봉기를 결실로 이끌지 못했던 것이다. 또 하나는 외세의 간섭이었다. 청나라는 물론이고 특히 근대화된 일본의 무력 앞에 그들은 철저히 무력했다. 그러나 제국주의의 거센 침략에 대항하여 조국의 독립주권을 수호하려는 민족 정신과 사회개혁을 외친 민주정신은 우리나라 근대화운동에 커다란 초석으로 남게 된다.

두 차례의 개혁 파동은 비록 실패로 돌아갔지만 보수적인 정부에 큰 자극을 주었고 그 결과 김홍집을 수반으로 한 개화당 내각에서는 정치제도, 경제제도, 사회제도의 다방면에 걸친 개혁을 시도하기에 이른다. 이를 갑오경장(甲午更張)이라 하는데 그 내용은 다음과 같다.

1. 자주독립의 기초를 확립하고

2. 왕실전범(典範)을 개정하여 왕위의 계승과 종실, 왕척(王戚)의 한계를 명확히 하고

3. 왕은 각 대신과 의논하여 정사(政事)를 행하고 왕후와 외척은 간섭할 수 없게 했으며

4. 왕실 사무와 국가 사무를 분리하고

5. 각 관직의 직무권한을 명백히 하고

6. 인민의 납세는 모두 법령과 법정률(法定率)에 의하게 하고

7. 조세의 징수 및 경비의 지출을 제도화하고

8. 왕실의 비용을 솔선 절약하여 관리들의 모범이 되게 하고

9. 왕실과 관청에 예산 제도를 도입하고

10. 지방관제를 개정하여 지방관리의 권한을 제한하고

11. 총명한 자제를 널리 외국에 파견, 학술과 기예를 전습시키며

12. 장교를 교육하고 징병법을 써서 군제의 근본을 정초하며

13. 민법과 형법을 엄명하게 작정하여 함부로 인민을 감금하거나 처벌하

지 말고 인민의 생명과 재산을 보호하며

14. 문벌에 의하지 않고 널리 인재를 등용한다.

이상과 같이 갑오경장은 우리나라 근대화 실현의 구체적 출발점 이었다고 평가할 수 있다. 그것은 갑신정변, 동학농민운동 정신의 직접적인 반영이었다고 볼 수 있으며 또한 그것이 정부에 의해 추진된 전면적인 개혁 시도였다는 점에서도 의의가 크다.

그러나 이 개혁은 우리 정부의 자주적 역량으로 이루어진 것이 아니고 일본군 점령 하에서 그들의 강압에 의해 이루어진 것이라는 인식 때문에 일반 국민들은 이에 대해 크게 기대를 걸지 않았고 오히려 냉담한 반응을 보였다. 결국 갑오경장은 수많은 새로운 법령을 제정했으나 일본인 고문들을 채용하는 것을 제외하고는 유명무실한 것이 되고 말았으니, 시작만 요란하고 결실은 시시한 그야말로 태산명동서일필(泰山鳴動鼠一匹) 격이 되고 말았다. 이는 결국 일본에게 제국주의 침략의 발판을 마련해 줌으로써 국민들의 마음속에 근대화를 멀리하게 하는 역효과만 초래하게 되었다.

이러한 시행착오의 연속에서 조국의 근대화를 염원하는 우리의 선각자들은 성공적인 조국근대화를 위해서는 보다 각성되고 조직된 민중에 의한 자율적인 운동이 필요하다는 확신을 가지게 된다.

갑신정변 후 미국으로 망명하였다가 귀국한 서재필 박사의 지도 아래 1896년 조직된 독립협회는 한국민의 가슴속에 근대적인 국가의식과 근대화의 의욕을 심어 준 최초의 범민족적인 국민운동이었다. 독립협회는 외세를 배경으로 하지 않은 자주적 구국운동이며 근대화운동이라는 점에서, 그리고 동학농민운동처럼 급진적이고 계급적인 반체제 운동이 아니었다는 점에서 갑신정변이나 동학농민운동, 갑오경장과는 그 궤가 다르며 그런 이유로 많은 청년학도들의 지지를 받게 된다.

서재필은 근대화를 위해서는 국민의식의 각성과 자발적 협력이 뒷받침되어야 한다는 신념으로 순전히 한글로 된 『독립신문』(1896)을 창간한다. 『독립신문』의 논설을 통해 서재필은 국가주권 수호는 오직 전 국민의 단결과 단합에서만 이루어질 수 있다는 점을 강조했다. 또한 독립국가를 유지해 나가기 위해 국민교육이 얼마나 중요한가를 역설했으며 의식주의 개선, 미신의 타파, 보건위생의 필요성 등 국민 생활 전 분야에 걸쳐 일대 계몽운동을 전개했다. 그는 정치에 대해 외국 의존의 태도를 버리고 국가의 자주독립성을 확립할 것과 자유 평등의 민권을 보장하여 민주주의 정치를 실천할 것을 주장하면서 정부의 무능을 맹렬히 비난하고 열강의 침략적 행동을 규탄한다.

독립협회를 통해 서재필은 대대적으로 민권운동을 벌여 독립문을 세워 국민의 자주의식을 높였고, 1896년 10월 29일에는 종로 네거리에서 만민공동회라는 민중대회를 개최하기에 이른다. 만민공동회는 정부의 매국적 태도를 비판하고 6개 항목의 개혁안을 채택하여 고종황제에게 그 실시를 요구하는 등 활발한 운동을 전개해 나간다. 이러한 운동이 얼마나 국민들의 열광적 지지를 받았는지는 협회가 발족한 지 불과 3개월 만에 회원 수 1만여 명을 확보했다는 사실로도 짐작할 수 있다. 독립협회 운동에 적극 가담했던 윤치호, 이상재, 이승만 등의 청년 지사들은 근대국가에의 의지를 국민들의 가슴속 깊이 심은 주요한 인물들이었다.

그러나 독립협회의 움직임을 가로막는 장벽은 하나 둘이 아니었다.

개혁에는 언제나 저항이 뒤따르기 마련이다. 독립협회의 활동을 분쇄하기로 작정한 보수 반동 세력들은 만민공동회가 황제에게 개혁 안을 건의한 직후 이에 대항하기 위해 황국협회를 결성하여 수천 명의 불량배를 모아 테러단을 조직하고 만민공동회를 습격한다. 그럼에도 독립협회를 중심으로 한 민권투쟁운동이 점점 확대되자 결국 정부는 강권을 발동하여 독립협회에 해산명령을 내리고 그 중심 인물을 체포하는 강경책을 발동한다. 들판의 불길처럼 일어나던 운동이 점차 쇠퇴의 길을 걸을 수밖에 없게 된 것이다.

그렇게 19세기 후반, 우리 선각자들이 벌인 일련의 끈질긴 근대화운동은 독립협회가 해산된 뒤로는 조직화된 운동으로 발전하지 못하고 말았으니 참으로 원통한 노릇이라고 하지 않을 수 없겠다. 이 개혁 시도 중 어느 하나라도 성사되었더라면 나라를 빼앗기는 치욕은 겪지 않아도 되었을 것이니 심정은 더욱 안타깝고 쓰리다.

물론 이후에도 나라를 구하려는 애국 선현들의 몸부림은 계속된다. 망국의 책임을 통감하며 죽음으로 항거한 민영환, 조병세, 홍만식, 이상철의 자결, 헤이그 만국평화회의에서 이준 열사의 분노에 찬 죽음은 민족의 결기였다. 안창호의 흥사단 운동, 장지연 등 언론인의 정론활동 그리고 수많은 우국지사들이 학교를 설립하여 방방곡곡에서 벌인 신교육 운동은 청년, 지식인 운동의 맥을 잇는, 민족의 자주적 역량을 배양하기 위한 노력이었다. 안중근 의사의 이토 히로부미 사살과 최익현, 신돌석 등 전국 각지에서 일어난 의병 활동은 우리 민족의 혼과 기백을 내외에 떨친 쾌거였다.

그러나 이런 피눈물 나는 노력도 체념이 몸에 밴 대중과 집권욕에만 사로잡혀 있던 우둔한 위정자와 이를 교묘하게 이용한 제국주의 열강의 교활한 식민지 분리정책에 의해 좌절되고 만다. 결국 우리는 1905년 을사늑약을 거쳐 1910년 8월 29일 일본에 병합되고 근대화운동의 선각자들은 체포되거나 지하로 숨고 해외로 망명하는 처지가 된다.

비록 실패로 돌아갔으나 이 수많은 개혁운동들이 뿌린 씨는 국민 대중의 가슴속에서 조금씩 자라기 시작했다. 전 국민이 광명의 날이 오기를 마음 깊이 염원하면서 자주 자립에의 의욕은 급격히 그 저변을 확대해 나가고 있었던 것이다.

3. 자주민의 선언

　제1차 세계대전이 끝나던 때부터 조선의 국권 회복, 광복 운동은 급격하게 활기를 띠었고 국내외에서 보다 조직된 항일투쟁으로 전개된다.

　미국에서는 흥사단(1913), 동지회(1914) 등의 광복운동단체가 조직되었고 만주에서는 부민단(1912)이 발족됐다. 특히 도쿄 유학생들의 독립운동회의를 비롯하여 상하이(상해) 프랑스 조계(租界)를 중심으로 한 독립투쟁계획, 그리고 미국에 있는 대한인국민회의 독립청원서 제출 등이 1919년 초부터 두드러지게 나타난 해외 활동들이다.

　한편 이 시기의 국내 언론은 비록 수공업적 단계의 유치한 규모였지만 독립을 저해하는 정치적, 사회적 요인을 규탄하는 데 과감했다. 여기에 『대한매일신보』의 발행인이었던 영국인 어니스트 베델(한국명 배설裵說) 같은 이들까지 가담하여 정의의 필봉을 휘둘렀다. 대한제국 말기에 처음 도입된 우리나라 신문은 그 시작이 공교롭게도 국가의 몰락과 때를 같이했기 때문에 민족의 자주와 독립을 고취하는 데 민감하지 않을 수 없었으며 그들이 가졌던 사명감은 바로 민족정기를 대변하는 것이었다. 그들은 어느새 민족의식 각성의 선도적 핵심 세력으로 성장했다.

근대화운동의 근본에는 이미 정치적 민권의식이 깃들어 있었다. 하여 주권을 박탈당했을 때 가장 먼저 나타난 것이 민족주의적인 저항의식이었다는 것은 매우 당연한 일이다. 그러나 나라를 위한다는 것이 종래의 임금이나 어떤 왕조를 섬기는 것이 아니라 바로 민족 전체를 위하는 것이라는 생각이 온 겨레의 마음속에 뿌리내리고 있었다. 우리 민족이 독립을 되찾는다 하더라도 그것이 곧 왕위의 복귀를 뜻하는 것이 아니라는 정도로 근대의식이 자라난 것이다.

이렇게 개화된 민족의식을 보급시킨 것이 계몽운동이요 신문화운동이었다. 나라를 잃은 입장에서 현실적으로 가능한 저항이란 신문화운동밖에 없었고, 이 운동이 성공적으로 이루어졌을 때 그것은 필연적으로 독립운동의 일환으로 확대될 수 있었다. 바로 여기에 일제강점 하 근대화운동의 특징이 있다. 1910년 이후의 국내 지도자들은 대부분 문화 또는 종교 분야에서 활동하면서 동시에 독립운동의 선봉 구실을 해 나갔다. 이들은 자주민으로서의 긍지 없이는 어떠한 문화적 개화도 결국은 소용없는 것이라는 신념을 가지고 있었다. 비록 당시의 지도자들이 불리한 여건 아래 악전고투를 벌이고 있었지만 이러한 자각의 뿌리가 이미 국민들의 의식 속에 퍼져 있었기 때문에 비로소 전 국민적인 대 항쟁이 일어날 수 있었던 것이다.

그 상징적이고 대표적인 것이 위대하고 또 위대한 3·1만세운동이다. 1919년 3월 1일을 기해 전국 각지에서 일어난 이 항일운동은 매우 조직적이었으며, 크고 작은 시위에서 출발하여 차차 전 민중적 항쟁으로 변화해 갔다. 그 규모가 얼마나 거국적이었는지 통계로 살펴보면, 민중의 집회와 시위 횟수가 1,442회, 집회 참가 인원수가 205만 1,448명, 그리고 슬픈 기록이지만 사망자 수가 7,509명에 일본 관헌에 체포된 인원이 4만 6,306명에 달했다. 통계가 추정치이기는 하나 이것만으로도 3·1운동의 성격이 얼마나 범민족적이었던지를 넉넉히 짐작할 수가 있다.

3·1운동은 해외의 망명 지사와 국내의 지도적 인사들의 치밀한 사전 계획 아래 진행되었다. 당시 한국의 종교계를 대표하는 천도교의 손병희를 비롯하여 기독교 및 불교계의 지도적 인사 33인이 모여 「독립선언서」를 작성, "조선이 독립국임과 조선인이 자주민임을 선언"하고 "이를 세계만방에 고하고 자손만대에 고하여 민족 자존의 정당한 권리를 주장하고 인류의 정의에 호소"하였다. 이는 민족의 자유와 독립 의지를 전 세계에 천명하는 것이었으며, 일제의 한국 병탄이 우리 민족의 의사에 반해서 그리고 인류의 정의에 어긋나게 강제된 것이라는 사실을 다시 한 번 천명하는 것이기도 했다.

이들 33인의 민족 대표에 못지않게 3·1운동을 배후에서 조직한 것이 국내, 국외에서 신학문을 배우던 학생 대표들이다. 지난 반세기 이상 한국의 근대적 각성과 자주독립을 위한 공헌자로서의 학생의 역할은 매우 큰 것이었다.

이러한 모든 점을 종합해 볼 때 3·1운동을 계획하고 주도한 인사들은 일본 또는 미국을 통해 근대적인 의식에 눈을 뜨고 민족의식에 투철했던 당시의 '민족 엘리트'들이었음을 알 수 있다. 이들의 움직임에 호응한 민중들은 삼천리 방방곡곡에서 우렁찬 '대한 독립 만세'를 외치며 맨주먹으로 일제의 관헌과 맞섰다. 기꺼이 목숨을 내놓고 너도 나도 앞 다투어 자주민의 선봉의 대열에 섰던 것이다. 숱한 인명이 스러지고 무명의 애국지사들이 수없이 투옥되었다. 이 같은 범민족적인 대행진이 지도자와 민중의 혼연일체로 벌어진 것은 우리 역사에서 참으로 드문 일이었다.

　　3·1운동을 촉발시킨 직접적인 계기는 제1차 세계대전이 끝난 직후 미국 대통령 윌슨이 제시한 14개조의 기본원칙에 힘입은 것이었다. 그 원칙 가운데 한 항목이 이른바 '민족 자결(民族自決)'의 원칙으로, 어느 민족이건 그 민족의 운명은 그들 스스로의 의사에 따라 결정된다는 것이었다. 이미 제1차 세계대전 기간중에 아일랜드, 이집트, 터키, 인도, 중국 등지에서 피압박민족의 국민운동이 일어났고, 이 항목의 적용을 받아 전후에 중·동유럽을 중심으로 체코슬로바키아, 루마니아, 불가리아 등 여러 독립국가가 새로 탄생하게 된다.

　　윌슨의 의중에 조선이 들어 있었든 아니든, 민족 자결의 원칙은 때를 기다리고 있던 우리 민족에게 일본의 압제로부터 풀려나려는 의욕을 고취시킨 계기가 되었다. 이런 계기가 있었기에 당시의 민족 엘리트들은 더욱 용기를 얻고 독립선언이라는 단호하고도 명쾌한 방식을 취할 수 있었다. 정의가 우리 편에 있고 세계의 향방이 한민족의 자주를 지지하고 옹호하는 쪽에 있다고 믿었기에 이들은 조금도 주저함이 없이 자주민의 선언을 온 천하에 외쳤던 것이다.

3·1독립선언서는 그런 의미에서 매우 이상주의적인 어조를 띠고 있다. 압제자의 무자비한 폭정 아래서 민족의 얼이 짓밟히지 않고 이렇게나 널리 만방에 자주의 목소리를 떨치게 했던 사건이 역사를 통틀어 얼마나 있었을까. 나는 미합중국이 유럽대륙의 예속을 벗어나 인간의 자유를 드높이 부르짖으며 새 국가의 탄생을 만방에 공포한 1776년의 선언을 돌이켜 본다. 미국처럼 그 선언이 성공으로 끝나지는 못했지만 나는 1919년 우리의 시도가 비록 독립은 가져오지는 못했지만 그 정신과 의기에 있어서는 미국인들에게 조금도 뒤지지 않는 것이었다고 자부한다.

조선의 3·1독립선언은 한민족이 정의를 굳게 믿고 있었기 때문에 비폭력으로 진행될 수 있었고 자주정신에 투철했기 때문에 남을 해침이 없었다. 또한 그 때문에 진정한 공존을 강조했고 궁극적으로는 세계평화와 인류의 행복에까지 호소하는 대의와 명분으로 가득 찬 탁월한 내용을 담고 있었다. 이 선언의 마지막 '공약 3장'에 명시되어 있는 바와 같이 3·1운동의 지도자들은 이 운동이 "정의, 인도, 생존, 존엄, 번영을 위한 민족적 요구에 따른 것인 까닭에 오직 자유정신을 발휘할 뿐 배타적인 행위를 해서는 안 되며, 일체의 행동은 질서를 존중하고 주장과 태도를 정정당당하게 해야 한다"고 강조했다. 그리고 그와 동시에 "최후의 일인까지, 최후의 순간까지 민족의 정당한 의사를 쾌히 발표하라"고 뚜렷이 밝혔다.

민족 자결의 원칙 자체가 소박한 독립의식이라기보다 서구의 근대적 내셔널리즘이 낳은 서구사상의 하나라고 할 수 있고, 당시 일제의 학정 아래서 정치적, 경제적으로 최악의 상태에 눌려 있으면서 이렇게도 위축되지 않고 자긍과 신념에 차 자주독립을 선언한 선인들의 용기는 오늘날 우리로서도 본받을 만한 것이라 할 수 있겠다. 특히 외국인들이 한국의 근대적 자각을 평가하는 데 있어 사태의 결과만 보고 그 정신적 측면을 간과하는 일이 없기를 나는 간절히 바란다.

일제는 무자비한 탄압과 학살로 온 겨레가 참여하는 3·1운동을 막으려 했지만 그들로서도 이 정당한 주장을 무시하기란 그리 쉬운 노릇이 아니었다. 그래서 그들은 이른바 '문화적 통치'로 약간의 정책 전환을 하지 않을 수 없게 되었는데, 당시의 일본이 좀 더 평화를 애호하고 정의를 존중하는 국가였다면 한·일관계는 훨씬 빨리 정상화될 수 있었을 것이고 일본 스스로도 군국주의적 종말을 피할 수 있었을 것이다.

3·1운동이 일어난 바로 그해, 중국에서는 5·4운동이, 인도에서는 간디에 의한 비폭력적 시위운동이 벌어진다. 우리의 민족적 각성과 그 선언이 아시아 민족운동의 봉화 구실을 했다고 하면 과언(過言)일까.

적어도 인도의 독립운동가들에게 조선의 움직임이 중요한 관심사였다는 점만은 틀림없다. 당시의 열렬한 반영(反英) 운동가 네루는 그의 외동딸 인디라에게 매일처럼 옥중에서 편지를 썼다. 그 편지에 아래와 같은 말이 나온다.

> 독립을 위한 항쟁은 오랫동안 계속되어 여러 번 폭발을 보았다. 그 가운데서도 중요한 것은 1919년의 봉기였다. 조선의 민중 특히 젊은 남녀들은 우세한 적에 대항하여 용감하게 투쟁했다. 그들은 이렇게 그들의 이상을 위해 순사(殉死)한 것이다. 일본의 한국인 억압의 역사 가운데서도 가장 비통한 일이었다. 한국에서는 대개 학교를 갓 나온 소녀들이 투쟁에서 중요한 구실을 하고 있다. 이것을 알면 아마 너도 마음이 이끌릴 것이다.

그때의 나이 어린 소녀는 이러한 아버지의 세계사 편지 교육을 받아 이제 인도의 수상이 되었다(인디라 간디, 재임 1966~77, 80~84).

3·1운동을 요약하자면, 한민족은 자주와 독립을 옹호하는 데 있어 조금도 양보할 수 없으며 우리의 민족혼을 선양하는 길이 궁극적으로 세계평화에 기여하는 길이라는 우리의 이상을 세계만방에 널리 알렸다는 것이다. 당시의 지도자들이 1919년 3월 1일을 기해 보여 준 조국에 대한 정열적인 사랑, 작은 나를 버리고 민족의 큰 뜻을 위해 뭉쳤던 단결의 힘과 정신, 그리고 생사를 초월한 물러서지 않는

투지는 오늘의 한국근대화 작업 속에 끊어지지 않고 계속 이어져 오고 있다고 나는 확신한다.

3·1운동은 민중의 조직화가 철저하지 못했고 투쟁 방식이 무저항주의였으며 당시의 국제정세가 우리 민족에게 결코 유리하지 않았다는 점 등의 이유로 독립의 쟁취라는 정치적 목표를 달성하는 데는 실패했다. 그러나 우리 민족의 독립정신과 그 의지를 만방에 널리 알려 세계 각국의 사람들로 하여금 한민족에 대한 인식을 새롭게 하였을 뿐만 아니라 세계를 향해 일본의 폭정을 규탄하는 데에는 일단 성공했다고 할 수 있다.

또한 3·1운동을 계기로 상하이에 대한민국임시정부를 세워 민족의 의기를 북돋았다. 대한민국임시정부의 수립으로 종전까지의 조선왕조 복권을 목적으로 하던 '국권광복운동'에 혁명적인 전기가 마련되고 민주적 공화체제의 독립 한국을 위한 '주권회복투쟁'으로 전환된 것이다. 이후 만주에서의 무장투쟁까지 포함하여 국내외의 독립투쟁은 모두 상하이 임시정부와 연관되어 전개되어 왔다.

그러나 그보다 더 큰 보람은 민족의 각성에서 찾을 수 있다. 3·1운동을 통해 비로소 우리 국민들은 자주독립을 달성하는 길은 오직 민족 자체의 역량을 양성하는 길밖에 없다는 생각에 도달했던 것이다. 이것은 매우 귀중한, 피의 대가로 얻은 교훈이었다.

이후에도 민족의 항쟁은 소규모로나마 끊임없이 이어진다. 이에 대해 일본은 물리적 탄압과 병행하여 이른바 문치(文治)로써 한국인들의 자주, 독립 의지를 완화시키려는 정책적인 방향 선회를 결정한다. 그러나 제1차 세계대전 후 경제불황 속에서 그 타개의 실마리를 식민지 착취에서 찾으려던 일본의 통치는 조선인의 삶을 담보로 한 것이었고 특히 농민들을 희생양으로 삼지 않고는 지속이 어려운 것이었다. 그런 면에서 일본의 문치 유화정책은 식민지정책의 본질을 은폐하려는 위장에 불과한 것이었다. 이에 항거하여 국내외의 독립운동도 점차 무력투쟁이라는 폭력을 동반한 운동으로 변화되어 갔다.

그러나 보다 광범위하게 민중의 호응을 얻은 것은 역시 1920년 이후 늘어난 언론인의 활동이었다. 이 시기에 조선은 비로소 『동아일보』나 『조선일보』와 같은 민간인에 의한 본격적인 신문과 잡지를 발간할 수 있게 되었고 이들은 일본 관헌의 끊임없는 간섭에도 불구하고 민족의 대변인 노릇을 할 수 있었다. 한국민의 저항정신이 3·1운동 이후 가장 조직적으로 집결한 곳이 바로 언론이었고, 당시의 언론인들은 직업인이 아닌 탁월한 지식인이요 또한 우국지사로 민중들에게 공인되었다. 시련과 고난의 시기에 그들이 독립투쟁의 선봉으로, 민권투쟁의 기수로, 근대화의 선도자로 민족의 의지를 대변한 상징적인 존재였음을 우리는 기억한다.

신문화운동은 이 밖에도 여러 방면에서 결실을 보기 시작했다. 문학과 예술을 통해 민족주의적 이상과 계몽주의적 정열을 작품화하려는 노력이 있었고, 서구의 근대적 기조를 우리의 것으로 소화하고자 하는 시도가 뒤따랐다. 그들은 식민지라는 환경에 대한 노여움과 함께 새로운 표현과 새로운 인간관의 형성을 꾸준히 모색했던 것이다.

신문화운동은 비단 문화, 예술뿐만 아니라 여성운동, 청소년운동으로 확산되어 신(新)생활운동, 체육의 장려, 조선어학회를 중심으로 한 '우리말 찾기 운동', '물산장려운동'에 이르기까지 민족문화의 근대화와 새로운 사회의식의 싹으로 피어났다.

그러나 일본의 침략적 야욕으로 이 운동들은 좌절이라는 운명을 맞이하지 않을 수 없게 되었다. 일본이 만주를 침략하고 중국 본토를 지배하려는 군국주의 정책을 강화함에 따라 조선은 군사적 전초기지로서 일본에 동화되기를 강요받기에 이른 것이다. 그들은 우리의 젊은이들에게서 교육의 자유를 앗아갔고 이들을 자신들의 침략전에 강제로 동원했다. 1930년대 후반부터 1945년의 해방에 이르기까지의 10년 동안 우리는 고유한 언어조차 말살당하기 직전의 위험에 놓여 있었다. 그동안 내면적으로나마 근대화를 지향해 온 모든 노력은 그들의 탄압으로 일시에 수포로 돌아가고 말았다. "동방의 등불"(타고르 시) 조선은 몰아치는 광풍으로 바야흐로 꺼지기 직전이었다. "지금은 남의 땅 / 빼앗긴 들에도 봄은 오는가"(이상화 시) 하고 나라를 빼앗긴 서러움을 시를 통해서나 토로할 수밖에 없는 안타까운 심정이었다. 들을 빼앗겨 봄조차 잃어버린 겨레의 가슴속에 새봄을 맞이하기 위해서는 1945년 여름까지 기다려야만 했던 것이다.

제3장

자유에의 염원

1. '주어진 해방'의 대가

압제와 굴욕의 암흑을 벗어난 1945년 8월 15일, 비록 우리 스스로의 힘으로 쟁취한 광복은 아니었을지라도 민족적 염원인 해방을 맞이했다는 기쁨과 흥분은 문자 그대로 강렬하고도 폭발적인 것이었다. 더구나 오랜 문화적 전통을 자랑하는 국민으로서 문화의 '사랑방' 역할을 해 온 우리나라가 그 문화의 혜택을 입어 온 '문간방' 일본에게 거꾸로 강압적인 지배를 받아야 했던 치욕과 분노에 잠겨 있던 차에 군국주의 일본의 패망이 가져온 이 '해방'이란 선물은 너무나도 벅찬 것이었다.

그러나 광복 이후 펼쳐진 우리의 역사는 해방에 대한 우리의 감격을 비웃듯 또다시 모진 시련과 수난이 중첩된 뜻밖의 방향으로 전개되고 있었다. 우리를 기다리고 있던 것은 재현된 민족국가의 영광이 아니라 비극적인 국토의 분단과 공산주의의 위협이었던 것이다. 전쟁을 수습하는 과정에서 일시적으로 그어진 38선은 처음부터 통일을 막는 결정적인 요인이 되었거니와, 한국을 분단 점령한 미·소 양국의 정치적 대립은 해방된 이 나라를 한낱 냉전의 제물로 만들어 버렸다.

1945년 8월 15일 일본이 포츠담선언을 수락하자 조선총독부는 전쟁이 끝남과 동시에 한국인에게 치안 유지의 책임을 넘기는 문제를 검토하고 그에 적합한 인물로 여운형, 안재홍, 송진우 등을 지목했다. 이들은 곧 각계 인사를 규합하여 건국준비위원회(약칭 '건준')를 발족시켰다. 건준은 단순한 총독부의 협력단체에 그치지 않고 주체성을 발휘하여 기구를 급속히 확대하고 학도대, 치안대 등을 조직함으로써 일본 통치의 접수 세력으로서의 태세 확립을 서둘렀다. 건준의 조직은 당시 항일투쟁 세력을 모두 규합하여 보수와 혁신, 우익과 좌익, 온건과 급진의 모든 세력이 한데 혼합된 것이었으나 그런대로 각계각층의 민족 지도세력을 총집결하고 지식인과 학생을 포섭한, 당시로서는 유일한 민족적 정치 기반이었다. 따라서 이 조직을 토대로 국내 정치지도자들이 보다 긴 안목으로 수권(受權) 세력으로서의 모든 역할을 할 수 있도록 적극적인 결속을 보였더라면 한국의 전후 역사는 많이 달라졌을지도 모른다. 그러나 조직의 인적 구성에서 오는 분열과 38선 분단과 직결된 내외 정세는 건준의 조직과 기능에 결정적인 제약을 가져왔고 결국 건준은 와해되고 만다.

한편 우리 민족이 절대적인 기대를 걸었던 미군은 9월 8일 인천에 상륙하고 다음 날 서울에 입성한다. 그날 하오 미 제24군단의 사령관 하지 중장과 제7함대 사령관 킨케이드 제독이 일본으로부터 항복을 접수함으로써 36년간 한국의 하늘을 위압하던 일장기가 내려진다. 그러나 한국 통치에 대한 복안과 준비가 미흡했던 미군은 항복문서 제4, 5조에 일본의 문·무관이 연합군 사령관에 의해 면직되지 않는 한 계속 현직에 남아 직무를 수행하도록 했다. 군정을 실시하기로 방침을 정하기 전 총독 통치의 연장안을 검토하기까지 했던 하지 중장은 총독 통치의 기존 질서와 행정기구를 그대로 접수 운영하는 길을 택했던 것이다. 이러한 조치가 진행되는 동안 사전 준비가 부족했던 우리 국민들은 속수무책으로 보고만 있었다. 일본의 식민통치는 우리를 반신불수의 몸으로 만들어 제구실을 하지 못하도록 묶어 놓았던 것이다.

이런 상황에서 건준의 분열은 계속되고 지도권을 놓고 분쟁이 격화되면서 보수, 온건파들이 점차 떨어져 나간다. 섞이기 어려운 인적 구성으로 이미 예견되어 있었던 내부분열이었다. 결국 건준은 와해되고 만다.

건준에 결집되었던 지도세력들이 흩어지기 시작하자 국내정치는 부정적인 의미에서 다원화되기 시작했고 급진과 보수가 대립하는 가운데 정당, 정파의 난립은 날로 격심해졌다. 집권당도, 안정적인 정치세력도 없는 가운데 조선총독부의 무질서한 철수정책, 화폐 남발로 인한 악성 인플레, 비축 물자의 전매(轉賣)에 의한 시장 교란, 행정기능 마비, 일본인이 운영하던 기업체의 시설 파괴와 조업정지에 의한 경제적 혼란 등이 겹쳐짐으로써 한국은 극도의 사회불안 속으로 빠져들어 간다.

남한의 실정과는 달리 북한에 진주한 소련군은 즉각 항복한 일본군을 처리하고 행정권을 접수하여 군정을 실시하였는데 그 절차와 운용방식은 미군정과는 전혀 달랐다. 소련군은 진주와 동시에 신속히 일본 세력을 제거했으며 사회질서의 진공상태를 충전하기 위해 민족주의적 토착세력을 등용하고 포섭하는 일에 착수했다.

당시 북한에는 공산주의의 기반이 전무하였으며 해방과 더불어 각지에서 출옥한 소수의 공산주의자들 역시 제대로 훈련받은 자들이 아니었고, 공산주의자라고 자칭하고 나서는 자들은 따지고 보면 급진적 민족주의에 가까운 인사들이었다. 공산주의의 세력을 주체로 하는 사회주의 혁명을 단번에 성취할 여건이 되지 않는다고 판단한 소련군은 편의상 좌우합작 혹은 보수적 민족주의 세력을 앞세운 과도적 접수체제를 강구했던 것 같다. 따라서 이북의 초기 접수체제는 어디까지나 과도기적 조치로서 본격적인 혁명 수행을 위한 사전조치에 불과했다.

1945년 11월 중순까지 소련은 5개 도를 통합한 공산당과 행정기구의 이원적 지배체제를 확립했고, 그들 군대의 대위였던 김일성을 당책에 앉히고 다음 해 2월에는 북조선인민위원장에 취임케 함으로써 북한판 스탈린 체제를 구축하기 위한 기초작업을 마치게 된다.

정치혼란에 지친 남한의 민심은 이승만 박사와 대한민국임시정부의 환국에 한 가닥 희망을 걸게 된다. 그것은 막막한 현실에서 일종의 기적을 갈망하는 심정과도 같은 것이었다. 김구 이하 15명의 임정 요인은 민중들의 환호 속에 귀국했지만 미군정은 그들의 환국을 어디까지나 '개인 자격'으로 인정했을 뿐이다. 이는 미국이 한국의 임시정부를 적법 정권으로 인정하지 않고 이를 전후처리의 협의 대상으로 인정하지 않겠다는 방침의 연장선 상에 있는 것으로 보인다. 그리고 어쩌면 남북을 통틀어 단일 정치세력을 형성해 보자는 구상을 가지고 있었기 때문일지도 모른다.

38선이 미국의 당초 의도와는 달리 장벽으로 변해 감에 따라 하지 중장은 소련군 사령관 치스차코프에게 정치회담을 제의한다. 그러나 치스차코프는 "통일문제는 미·소 양국의 정부가 해결할 문제"라는 명분으로 이를 거절한다. 한마디로 38선은 점령군의 현지 협정으로 해결될 문제가 아니라는 것이다.

미국은 38선 문제로 골치를 앓게 되고 해결책을 강구하지 않을 수 없게 되었다. 그해 12월에 개최된 모스크바 외상회의에서는 번즈 미국무장관의 제의에 의해 한국에 대한 신탁통치안이 논의된다. 이 회의에서 한국의 임시정부 수립을 위한 미·소공동위원회(약칭 '공위')의 설치규정을 포함한 4개 항의 협의를 보는데, 핵심은 미국이 제기한 '한국에 대한 신탁통치'였다.

'신탁통치'의 외신 보도가 전해지자 한국민은 일제히 반탁(反託)을 외치며 총궐기한다. 1945년 12월 31일, 한국 민중은 좌·우익을 가릴 것 없이 저마다 앞 다투어 탁치 반대의 시위 대열 속에 뛰어드는데 그것은 민족적 공감 위에 결속된, 자주 자립의 단호한 결의가 집약된 민족적 분노의 발산이었다. 그러나 며칠 지나지 않아 공산당 계열은 태도를 바꾸어 모스크바협정의 지지를 표명하고 나선다. 그 배후에는 소련으로부터의 비밀지령이 있었다고 한다. 소위 중앙인민위원회는 정치적 계산을 통해 탁치 결정에 대한 감사의 메시지를 발송하였다. 이로써 반탁이냐 찬탁이냐의 문제는 단순한 정치문제가 아닌, 사상의 대립과 민족 분열의 결정적 요인으로 그 성격이 변한다.

모스크바협정에 의해 1946년과 1947년 3월에 개최된 제1차 미·소공동위원회는 '의사표시의 자유'를 강조한 미국과 '반동적 요소의 배제'를 고집한 소련 측의 주장이 정면으로 대립, 진전을 볼 수 없었다. 미국 측은 탁치 반대를 표방한 정당 단체도 공위의 협의 대상이 될 수 있다는 입장을 내세웠으나 소련 측은 모스크바협정을 지지하고 신탁통치에 동의하는 정당 단체, 즉 민족통일민주전선의 좌익세력만이 협의 대상이 될 수 있다고 주장하고 나섰다. "한국이 소련을 공격하기 위한 거점이 될 수 없으며 소련에 대하여 우호적인 국가가 될 것"을 강조한 스티코프의 성명에 나타나 있듯 이러한 소련 측입장은 그들이 한반도에서 노리고 있는 것이 무엇인가를 단적으로 보여 주는 것이었다.

두 차례의 미·소공동위원회가 사실상 결렬될 무렵 로메트 미 국무장관서리는 소련 몰로토프 외상에게 유엔 감시 하의 남북한 총선거와 인구비례제에 의한 통일한국정부를 수립할 것을 제의한다. 소련은 제안을 거부했고 이어 마셜 장관이 한국문제를 유엔에 제기하자 소련 대표 그로미코는 "강대국 간에 처리 방안에 합의를 본 전쟁

결과의 문제를 총회에 부의하는 것은 불법"이라며 유엔헌장 제107조를 내세워 다시 반대한다.

표결 결과 한국문제가 의제로 채택되자 소련은 1948년 초를 기해 한국으로부터 미·소 양군이 동시에 철수하자는 '철군 공세'를 전개한다. 소련의 동시철군안은 얼핏 보면 민족자결주의와 통하는 듯 보이지만 그것은 당시 북한의 사정을 모르는 사람이나 고개를 끄덕일 주장이다. 소련은 이미 북한에 김일성을 중심으로 한 체제 정비를 완료한 상태였고 미군이 철수한 뒤 필연적으로 발생할 남한의 진공상태를 일거에 석권해 버리겠다는 책략을 세워 두고 있었기 때문이다.

미국 대표가 '유엔 위원단의 감시 하에 1948년 3월 31일까지 지역별로 각 점령군에 의한 선거의 실시 및 인구비례에 의한 남북한 대표제' 등을 규정한 결의안을 제출하자 소련 대표는 '남북한 대표를 한국문제 토의에 초청할 것'과 '양군 동시철수안'을 제출한다. 이 과정에서 남북한의 대표를 어떻게 인정하느냐에 대한 문제가 명확하지 않았기에 미국 측은 '선출된 한국인 대표를 한국문제의 심의에 참가하도록 초청할 것'과 그러한 대표를 선출하기 위한 선거를 감시하기 위한 '유엔한국감시위원단'을 설치하자는 수정안을 제출한다. 이 수정안은 가결됐고 한국문제는 총회의 결의로써 유엔의 주요 과제로 확정된다. 한국 통일을 위한 총선거의 실시는 눈앞에 닥친 듯했다.

'유엔한국감시위원단'은 1948년 초부터 한국에서 활동을 개시한다. 그러나 소련군이 협조를 거부함에 따라 남북한의 총선거 실시는 불가능하게 되었고 소위원회의 결의에 따라 가능한 지역에서만 선거를 실시하게 된다. 소련이 협조를 거부한 것은 당시 북한의 사정이 유엔의 결의에 의한 총선거를 실시할 경우 소련 군정이 엄호하고 있는 공산체제가 와해되리라는 것을 그들 스스로가 너무나도 잘 알고 있었기 때문이다.

1948년 5월 10일 한국 초유의 총선거는 좌익계의 방해를 무릅쓰고 진행되어 예상대로 이승만 박사 지지세력의 압승으로 끝을 맺는다. 일부 민족주의 지도자들은 남한만의 총선거에 냉담한 반응을 보이기도 했지만 투표는 유엔감시위원단의 감시 하에 민주적으로 실시되어 등록한 유권자의 95.5퍼센트가 투표장에 나갔다. 국민들은 하루라도 빨리, 어떤 형태든 간에 주권국가의 확립을 보고 싶었던 것이다.

역사적인 발족을 한 국회는 이승만 박사를 의장으로 선출하여 '한반도와 인접 도서'를 영역으로 규정한 「대한민국헌법」을 선포한 다음 이 박사를 대통령으로 선출했고 8월 15일에는 정부수립이 완료되었다.

이북에서도 공산 정권은 정부수립의 마지막 단계를 밟고 있었다. 이미 1946년 북조선임시인민위원회를 통해 정부의 틀은 다진 상태였으니 남은 것은 행정적인 절차뿐이었다. 소련의 지시 아래 인민위원회가 헌법을 공포하고 최고인민회의 대의원선거가 단일 입후보의

가부 투표 형식으로 실시되었으며 9월 9일에는 김일성을 수령으로 하는 소위 '조선인민공화국'이 발족하게 된다.

제3차 유엔총회는 한국 대표를 정치위원회의 토의에 초청하는 유엔감시위원단의 보고서를 심의했으며 5월 10일 투표로 세워진 대한민국이 한국에서의 유일한 합법 정부임을 선언하고 점령군의 가능한 한 조속한 철수와 항구적 유엔한국위원단을 설치할 것을 권고하는 결의안을 채택하였다. 동 결의안의 채택에 뒤이어 미국은 1949년 1월 1일자로 대한민국을 정식 승인하고 37개국이 뒤를 이어 동조하였다.

유엔총회가 한국문제를 심의하기도 전에 미국은 한국에서 병력 철수를 시작한다. 안보에 위협을 느낀 이승만 대통령은 "공산군의 침략에 맞설 수 있는 한국군의 준비가 완료되기 전에 미군이 철수하는 것은 한국의 철저한 불행을 초래할 것"이라고 호소하였으나 미국의 반응은 냉담했다. 철수계획은 변동 없이 실시되어 다음 해 6월 말경에는 불과 500명 정도의 군사고문단을 남겨 놓았을 뿐 철수가 거의 완료된다. 그동안 한국군에게는 1억 1천만 달러에 해당하는 경무기(보병이 지니는 화기 가운데 비교적 무게가 가볍고 화력이 약한 무기)가 인도되었을 뿐 이다.

미약한 한국군을 그대로 두고 미군이 철수를 강행할 경우 야기될 사태는 뻔히 앞이 내다보이는 것이었다. 그러나 선거에 압승한 당시의 집권층은 국내 지도자들 간의 불화와 파벌다툼의 틈바구니에서 오로지 유엔 결의에만 의존하고 있었을 뿐 눈앞에 닥친 민족의 수난을 예견할 식견과 이에 대처할 경륜을 갖추지 못하고 있었다. 이는 또 하나의 민족적 시련의 불씨였으며 일대 약진의 기회를 스스로 저 버리는 어리석은 과오였다. 전 국민이 미군정의 종결과 정부수립 그 리고 37개국의 승인이라는 국가적 영예에 도취되어 있을 때 참화의 기미는 이미 싹트고 있었던 것이다.

2. 신념의 승리

북한에서는 김일성을 수령으로 하는 소위 조선민주주의인민공화국 정권이 본격적으로 남침을 준비하고 있었다. 1949년 초에는 김일성이 대표단을 인솔하고 모스크바를 방문하여 1개월간 체류하면서 군사원조에 관한 비밀협정을 체결, 소련으로부터 6개 보병사단과 3개 기갑사단을 편성하는 데 필요한 장비의 추가 지원과 전투기 100대를 포함한 150대의 일반항공기 제공을 약속받았다. 또한 소련의 주선으로 중공과 상호방위협정을 체결하고 만주와 중국 본토에 주둔하는 '조선인 부대'를 북한의 관할로 이관하는 데 합의를 보았으며 그 밖에 중공군에 속하던 상당수의 '조선인' 병력이 1950년 3월까지 입북을 완료한다. 이때 북한에는 이미 20만을 헤아리는 전투병력이 편성되어 있었고 남침의 주력부대였던 탱크사단과 기갑부대는 편성이 완료된 상태였다.

북한의 남침 준비는 장기간에 걸쳐서 진행되었으며 계획을 은폐하기 위해 대외용 연막전술을 펴고 있었다. 6월 7일에는 이른바 '조국통일민주주의전선 확대중앙위원회'에서 「평화통일 호소문」을 채택하여 '통일 최고입법기관을 설립하기 위하여 8월 5일부터 8일 사이에 총선거를 실시할 것'과 '선출된 최고입법기관의 회의를 8월 15일에 서울에서 소집할 것'과 "남북 조선의 전 정당 사회단체 대표자협의회를 38도선 인근의 해주시나 개성시에서 6월 15일부터 17일에 걸쳐서 소집하자"고 제의해 왔다. 가증할 위장평화 공세였다.

1950년 6월 25일 새벽, 소련과 중공의 지원을 등에 업은 북한 공산군은 38선 전역에서 압도적으로 우세한 병력으로 물밀듯이 쳐내려 온다. 보잘것없는 열세의 한국군이 적의 중화기와 탱크의 위력에 소총과 육박전으로 응전하는 가운데 전선은 모두 붕괴되고 퇴각하는 한국군은 마치 파도에 밀리는 조각배와도 같았다.

다행히 트루먼 미국 대통령의 신속하고도 단호한 결정으로 한국 사태는 유엔 안전보장이사회(안보리)에 긴급 상정된다. 안보리는 침략자에 대한 전쟁 중단 및 철수 권고안을 결의하고 유엔 가맹국들에게 한국에 대한 침략을 제거하고 평화와 안전을 확보하기 위한 원조 제공을 권고하는 한편 미군이 지휘하는 유엔군의 설치안 등을 지체없이 가결했다. 동시에 트루먼 대통령은 맥아더 장군에게 미군의 즉각 개입을 지시한다. 이어 유엔의 결의에 따라 16개국의 우방국가들이 우리나라에 자진해서 파병을 결정한다.

공산군의 강력한 공세로 유엔군과 한국군은 부산 교두보까지 밀려났으나 9월에 들어 유엔군의 총반격이 개시된다. 한·미 합동으로 벌인 인천상륙작전은 적의 허리를 끊었고 9월 28일에는 서울을 되찾을 수 있었다. 한국군의 38선 돌파에 이어 유엔총회에서 통일한국결의안이 가결됨에 따라 유엔군도 북진을 개시한다. 남북통일의 숙원이 기어이 풀리는 듯했다.

한반도의 정세를 주시하던 스탈린은 마오쩌둥(모택동)에게 특사를 보내 중공이 지원군을 파견하면 소련은 무기를 공급하겠다고 제의했고 9월 초에는 북한이 사절단을 중공에 파견하여 지원을 호소한다.

당시 미국 연합참모부가 맥아더 사령관에게 시달한 명령이 '소련과 중공이 개입할 염려가 없을 경우 북진을 허용한다'는 조건부였다는 것을 미루어 볼 때 미국은 처음부터 한국문제를 두고 소련, 중공과 군사적 대결을 벌일 의사는 없었던 것 같다. 공산 측의 동향이 심상치 않음을 간파한 트루먼 대통령이 웨이크섬 회견에서 맥아더 장군에게 중공의 개입 여부를 따졌지만 맥아더는 "중공은 개입하지 않을 것"이라는 대답을 내놓았다. 그러나 야간에 은밀하게 행군을 하여 그 움직임을 포착하지 못했을 뿐 중공군은 그 전날 이미 북한지역에 투입된 상태였다.

압록강과 두만강변까지 진격했던 유엔군은 중공군의 대량 침입으로 전열을 재정비하지 않을 수 없었으며, 유엔은 중공을 침략자로 규정하였으나, 만주 폭격과 해안 봉쇄 등 중공에 대한 응징을 주장한 맥아더 장군이 해임됨으로써 한국전쟁은 점차 교착상태로 들어간다. 일진일퇴의 치열한 전투가 계속되는 가운데 1951년 6월, 유엔 소련 대표 말리크의 제의를 계기로 전쟁은 휴전 교섭의 단계로 들어간다. 때마침 대통령선거를 눈앞에 둔 미국에서는 한국전쟁의 처리 문제가 정치문제화됨으로써 미국은 휴전 타결을 서두르는 듯한 인상을 한국군에게 주게 된다.

일단 휴전이 성립되면 공산주의를 한반도에서 몰아내고 국토를 통일할 수 있는 기회를 영원히 상실하게 될는지도 모른다고 생각한 한국인은 미국의 근시안적이고 졸속한 휴전 교섭을 반대하고 나섰다. 이승만 대통령은 그러한 상황에서 각처에 분산수용 중이던 반공 포로를 전격 석방해 버린다. 거의 조인(調印) 단계에 있던 휴전 교섭 상황에서 유엔군이 관할하여 억류 중인 반공포로를 한국 정부가 독자적으로 석방한 것은 미국에게 크나큰 충격이 아닐 수 없었다. 당황한 아이젠하워 대통령은 "한국에서 미군이 철수하면 어떻게 할 셈이냐"고 따졌고 이때 주미 한국 대사 양유찬 박사가 "우리가 죽으면 되지 않느냐"고 응수하였던 것은 당시의 유명한 일화 중 하나다.

결국 미국은 한국을 설득할 수밖에 없었다. 그리하여 한·미 양국은 공동보조를 위한 협의를 거듭한 끝에 한국의 휴전협정 동의, 한·미상호방위조약 체결, 한국군 20개 사단의 증강과 소요 장비의 제공, 그리고 전후복구를 위한 경제원조의 제공 등에 합의를 보게 된다.

6·25전쟁은 시련을 달고 살았던 한국인에게도 미증유의 시련이요 고난이었다. 3년여의 전란으로 공산군이 입은 인명 손실은 119만 명이 넘었고 한국군과 유엔군의 인명 피해도 각각 21만 2천여 명과 7만 5천여 명에 달했다. 민간인이 다치고 죽고 실종된 수는 70만 명이었으며 전국의 이재민은 무려 362만여 명을 넘어섰다. 자유와 평

화를 수호하기 위해 유엔의 깃발 아래 모인 미국을 포함한 16개 나라는 자유의 대가로 수많은 목숨을 내놓았으며 또 다른 20여 국은 물질적, 정신적으로 한국을 지원했다. 전란 속에서 우리는 갖은 고난을 이겨 냄으로써 자유의 존귀함을 되새겼고 아울러 세계 속의 한국이라는 긍지를 새로 다짐할 수 있었다.

해방에서 6·25전쟁에 이르는 파란만장한 기간에 우리 민족은 비록 많은 시행착오를 겪었지만 그렇다고 시련과 고난을 극복하는 데 결코 무력하지는 않았다. 1950년 이전의 정치적 혼란과 1950년 이후의 전란의 파괴 속에서 우리 민족은 분별과 이성을 잃지 않는 현명함을 간직할 수 있었던 것이다. 1950년대의 공백을 메우기 위한 그 뒤의 과업이 비록 매우 벅찬 것이기는 하였으나 미증유의 한국전쟁의 참상 속에서 역경을 견뎌 내는 인내력과 도전에 응하는 투지는 내일의 건설을 위한 귀중한 자본이 되었다.

우리 민족의 끈질긴 투지는 공산주의자들과의 대결에서 가장 잘 나타난다. 해방 직후부터 공산주의자들은 그들의 특기인 선동과 파괴공작을 통해 한국을 그들의 손아귀에 넣으려고 갖은 음모를 다 꾸몄다. 그러나 일단 그들의 술책을 알아차린 민중의 저항은 단단했고 해가 갈수록 자유를 향한 의지는 강렬해졌다.

불안정한 지정학적 위치로 언제나 외세의 침략 가능성에 경계를 늦추지 않았던 우리 민족이다. 그리고 우리가 약한 것을 알고 있기에 더더욱 끈기 있는 저항의 잠재적 능력을 항상 비축하고 있었던 것이다. 이것이 그 큰 시련을 이겨 내게 한 원동력이었다.

6·25전쟁이 한국민에게 준 타격은 상상도 못할 정도로 심각한 것이었지만 이 수난의 기간을 통해 우리는 공산주의 침략자의 무자비한 손길을 실감했다. 백 마디의 이론적 설득보다 우리가 체험했던 사실들이 우리로 하여금 철저한 반공주의자가 되게 했고 우리의 적이 누구이며 그 정체가 무엇인지 명확하게 알 수 있게 해 주었다. 전통적으로 평화를 애호하는 한민족이지만 힘의 뒷받침이 없는 '평화공존'이란 현실성 없는 공염불임을 이때 절실하게 깨닫게 된 것이다.

국토가 분단된 채 휴전으로 매듭지어진 6·25전쟁이 우리에게 준 것은 다만 파괴로 얼룩진 흔적뿐, 승리도 패배도 아니었다. 그러나 그것은 공산 독재에 대한 투쟁의 신념과 민주주의에 대한 궁극적 신념으로 우리를 무장시켜 주었다. 전쟁의 쓰라린 경험을 통해 자유와 평화는 그것을 위해 투쟁하고 그것을 지킬 수 있는 힘을 가진 자만이 누릴 수 있는 것임을 뼈저리게 깨달은 것이다. 고난에서 교훈을 배우는 민족만이 장래를 약속받을 수 있다. 6·25전쟁은 우리에게 반공민주주의가 어떤 의미인지를 알게 해 주고 진정한 평화와 정의를 구현할 수 있기 위해서는 주체적 역량의 배양이 시급하다는 것을 깨우쳐 준 사건이었다.

6·25전쟁의 후유증은 심각했지만 그렇다고 치명적인 것은 아니었다. 무엇보다 전쟁으로 인해 자유 우방과의 국제적 이해가 증진되

었다는 사실은 불행에서 건진 커다란 성과가 아닐 수 없다. 전란의 상처로 헐벗고 굶주린 몇 해를 견디어야 했고 폐허로 변해 버린 도시와 농촌의 비참한 모습 말고는 아무것도 없었던 우리에게 우방 국가들의 정성 어린 원조는 고맙고 따뜻한 것이었다. 그것은 우리의 희망을 되살려 주는 원천이 되었다. 모든 한국인이 자기 나름대로 6·25의 쓰라린 상처를 간직하고 있듯이, 숱한 젊음을 한국의 산야에 바치고 간 혈맹 우방의 가족들도 그들대로의 기억으로 오랫동안 6·25전쟁을 되새길 것이다.

그러나 당시의 기억을 의미 있는 것으로 하기 위한 최선의 길은 지난날의 전철을 다시는 밟지 않는 것이다. 즉, 오늘날 또다시 대두한 공산주의 침략자들의 도발을 미연에 방지할 수 있는 힘과 용기와 의지를 길러야 하는 것이다. 그것을 포기하고 역사의 악순환을 보고만 있을 때, 그 처참한 전쟁을 참고 견딘 보람 역시 하루아침에 허망한 잿더미로 변하고 말 것이다. 우리는 공산 전쟁도발자들에 대해 도덕적 교훈을 주는 동시에 그들이 다시는 그같이 날뛰지 못하도록 힘을 기르는 데 전력을 투구해야 한다. 민족의 사활을 걸고 자유 수호의 대의에 바친 그 숱한 죽음을 보상해 주어야 하는 것이다.

해방 후의 정체와 6·25전쟁으로 인한 피해는 우리의 역사를 적어도 20년은 후퇴시켰다. 가뜩이나 빈약했던 민족적 기반은 수년간의 혼란 속에서 제자리걸음을 치다가 3년간 전란의 소용돌이 속에서 송두리째 부서지고 말았다. 뿐만 아니라 1948년에 실시된 토지개혁과 전쟁 중의 혼란 및 인플레는 한국의 전통사회를 대표하던 구 지주계층의 몰락을 가져왔고, 생활 기반을 상실한 수백만의 전쟁피난민이 전쟁의 판세에 따라 이동하는 동안 사회의 질서와 계층구조는 완전히 허물어졌다. 정부나 민간은 마치 영양실조에 걸린 환자와도 같았다. 무엇을 하려 해도 마음은 있으나 몸이 말을 안 듣는 격이었다. 오로지 전후복구를 위해 제공되는 외국의 원조에 모든 것을 의존하고 있었던 것이 전란 직후 우리의 실정이었다.

희망이라고는 찾아볼 수 없는 이런 어둠 속에서 우리가 해야 할 일은 무엇일까. 그것은 훗날을 준비하는 것이다. 외적인 여건이 성숙되어 우리들이 무엇인가 자주적으로 해 나갈 수 있을 때를 대비하여 내재적 역량의 충실을 기하는 교육이야말로 이 시기에 정열과 의욕을 쏟아 추진해 나가야 할 중요한 과업인 것이다. 그 당시 우리들이 교육을 근대화를 위한 장기적인 대책으로 인식하고 있었든 아니든 이에 주력했던 것은 대단히 현명한 선택이었다.

우리 민족의 교육에 대한 열의는 다른 어느 민족보다 남다르고 특이하다. 개화기의 우리 선각자들이 '배우는 것이 힘'이라는 슬로건을 내걸고 신문화운동, 신교육운동을 펼쳤을 때부터 우리의 교육은 일종의 구국운동과 같은 성격을 띠고 있었다. 이러한 전통 때문일까. 우리는 힘들고 어려울 때마다 조국의 명운을 다음 세대에게 거는 '미래의 열쇠'로 교육을 마음속에 간직하고 있었는지도 모르겠다.

전쟁 후 우리 국민들의 교육열은 전란의 체험 속에서 자란 민주주의 의식과 주체적인 역량 강화에 대한 의지가 함께 곁들여져 대단히 뜨거웠다. 우후죽순이라는 말이 실감날 정도로 전국 곳곳에 중·고등학교와 대학이 설립되었다. 그 양적 팽창은 경제성장을 몇 배나 앞지르는 것으로 경제 여건과의 균형을 크게 상실할 정도로 급속한 것이었다.

물론 여기에는 여러 가지 난관이 뒤따랐다. 전란으로 파괴된 건물의 복구도 힘겨운 일이었거니와 급속도로 필요해진 교육시설의 확충도 용이한 일이 아니었다. 그러나 만약 그 당시 우리가 생존의 문제에 매몰되어 미래에 대한 희망을 잃은 채 다음 세대에 대한 기대마저도 포기해 버렸더라면 결과는 비참했을 것이다. 더욱이 신생국의 근대화가 경제개발과 더불어 필히 교육 발전을 병행시켜야만 이루어진다는 다른 나라의 선례를 감안한다면 1950년대의 우리 교육의 성과 없이 1960년대의 급격한 비약적 성공이 과연 가능했겠는지 곰곰이 생각해 보게 된다.

3. 자유는 멀다

　6·25전쟁을 겪은 후 자유당 정부는 그들이 효과적으로 전쟁을 수행한 것에 비해 전후(戰後) 처리 과정에서는 실패만 거듭했다. 파괴된 국토의 부흥과 민족의 안정을 도모하기 위한 국가재건 사업이 절실히 요구되었음에도 이에 대한 자주적 노력이나 의욕을 거의 보이지 않았던 것이다.

　한국의 전후 부흥은 주로 미국의 상호안전보장법(MSA)에 의한 원조에 힘입은 것이었으며 1957~58년경에 1차적인 전후복구는 완료 단계에 들어섰다. 이에 따라 미국 원조는 1957년의 5억 540만 달러를 정점으로 해마다 줄어들었으며 1958년부터는 시설투자 원조가 개발차관기금(DLF)의 차관으로 전환됨으로써 전후 외국 원조에 대한 의존도가 높아지기만 했던 한국경제에 커다란 충격을 주었다. DLF 차관으로 이전되기 이전에도 대외활동본부(FOA), 국제협조처(ICA) 원조는 소비재 혹은 원자재 원조가 주종을 이루어 한국이 절실히 요망했던 시설재의 도입 실적은 1954~57년 사이에 7,500만~9,500만 달러에 불과했고 심지어 1958년도에는 3천만 달러 수준으로 격감되는 실정이었다. 이 밖에 미 공법(公法, PL) 480에 의한 잉여

농산물의 원조가 대량으로 들어왔으나 그 판매대금은 주로 국방비의 재원으로 충당되었다. 때마침 미·소 관계가 평화공존의 방향으로 호전되면서 미국의 대외전략과 외국에 대한 원조정책이 크게 변화함에 따라 그간 아무런 자주적 태세도 갖추지 못했던 우리나라는 황무지에서 맨주먹으로 자립을 이루어야 하는 엄청난 과제를 걸머지게 되었던 것이다. 그런데도 불구하고 정부는 대세의 흐름을 파악하지 못하고 외국의 원조를 보다 많이 얻어 오는 일에만 혈안이 되었을 뿐 그것을 활용하여 생산의 기반을 단단하게 하고 자립적인 경제발전을 기대할 수 있는 생산적인 정책을 실천하는 것에는 무작정 소홀하기만 했다.

반면 급격한 인구증가로 노동력은 날로 늘어나고 있었으며 대학 졸업자의 수 역시 나날이 증가 추세였다. 그러나 당시의 빈약한 경제사정으로는 그들을 흡수할 수 있는 충분한 직장이 없었고 이른바 고등실업자의 누적과 증가는 현실에 대한 욕구불만과 함께 사회불안을 촉진하는 중대 요인으로 대두하는 상황이었다. 이에 더해 전후복구사업이 진행되는 과정에서 부흥경기를 독점하게 된 소수의 특수계층이 형성되었고 그들 가운데는 도덕과 상도(商道)를 외면한 채 오로지 관권과 결탁하여 사회질서를 문란케 하는 몰지각한 행동을 일삼는 자가 적지 않았다. 전쟁의 참화가 빚어 낸 허무주의와 원조 물자가 안고 온 사치성 물욕주의는 사람의 마음을 흐리게 만들어 사회기강과 윤리, 도덕이 극심하게 타락한 것이다.

전쟁의 참화가 어느 정도 가시면서 국민들은 나라를 올바르게 이끌어 나갈 지도자를 갈망하게 되었고 공명정대하게 정치를 펼칠 세력을 기대하게 되었다. 자유당 정권은 반공투쟁을 통하여 국민의식의 통합을, 그리고 강력한 지도력을 발휘하여 그 통합의 힘을 근대화 운동으로 몰아가는 현명함을 지녔어야 했다. 그러나 그들이 어떻게 처신하였는지는 따로 설명할 필요가 없겠다. '권위'와 '명분'만으로는 침체된 현실을 타개할 수 없었고 날로 각성의 수위를 높여 가는 국민들을 이끌어 나아갈 수 없었다. 한국은 새로운 변화를 갈망하고 있었다. 시련과 고난 속에서 단련된 국민의 의욕과 저력을 '새 술은 새 부대에' 담듯이 흡수하여 국가발전의 원동력으로 전환할 수 있는 '민족의 여명'을 고대하고 있었던 것이다.

당시 변화를 갈망하는 지식인들의 활약은 실로 눈부신 것이었다. 특히 언론인들은 애국지사적 사명감을 발휘하여 온갖 부정과 불의를 들추어내고 정권의 부패상을 규탄하면서 국민의 마음속 깊이 정권에 대한 비판의식과 반항의식을 고취시켰다. 그리고 자유와 민주주의가 우리의 궁극적 목표임을 알고 있었던 젊은 학생들은 그들의 피 끓는 정열을 민족 대의(大義)를 위하여 바칠 수 있는 각오가 단단히 되어 있었다. 그들의 선배들이 목숨 바쳐 거사한 3·1운동, 6·10만세운동, 광주학생운동 등 전국적인 학생 항일시위운동에서 얻은 교훈을 간직한 학생들에게 불의에 대한 저항은 전통이나 다름없었다. 당연히 이들은 무엇이 정의이며 불의에 대해서는 어떻게 행동해야 하는지를 똑똑히 알고 있었으며, 1960년 봄에 자행된 이른바 3·15부정선거는 이러한 학생들의 애국심에 불을 지르는 직접적 계기가 되었다.

선거 당일인 15일, 마산에서 부정선거에 항거하는 시민과 학생들의 데모가 있었고 경찰은 이들에게 발포하여 많은 사상자가 발생한다. 이를 도화선으로 4월 19일에는 서울은 물론이고 지방 학생들까지 궐기하여 민주주의 사수와 정권의 타도를 외치며 시가를 누볐다. 데모 행렬이 대통령관저에까지 몰려가자 경찰은 다시 발포를 하였고 많은 학생들이 쓰러지는 참극을 빚어 냈다. 4월 25일에는 대학교수단의 데모가 있었고 이에 호응한 학생과 시민의 물결은 서울의 온 시가를 메워 버렸다. 이때 계엄령으로 출동 중이었던 우리의 군대는 침묵으로 학생과 시민을 두둔하는 움직임을 보였고 결국 이승만 대통령은 하야(下野)를 결심하게 된다. 4·19혁명이었다.

4·19혁명은 이 나라의 정치적 위기를 극복하기 위한 민중의 자연발생적 항거이자 운동이었다. 그것은 목숨을 걸고 궐기한 학생들의 정의감의 발로이자 부정, 불의에 항거하는 민족정기의 표현이었다. 또한 4·19혁명은 국민의 권리가 보장되고 국민의 민생을 우선으로 생각하는 참된 정치를 요구하는 일대 민권운동이었다. 우리나라에서는 언제나 민권의식과 민족의식이 불가분의 관계에 있어 민권 옹호의 불길은 매번 민족 수호의 불길과 함께 타올랐음을 주목할 필요가 있다. 갑신정변이 그러했고, 동학농민운동, 3·1운동이 그러했다. 우

리의 근대적 요구를 담은 혁명이 모두 민족적인 민주혁명이었음을 알 수 있는 대목이다.

그러나 4·19혁명은 한국 민주주의의 완성이 아니었다. 4월혁명 뒤에 제2공화국이 탄생했고 민주당의 장면(張勉) 정권이 들어섰다. 그러나 장면 정부는 4·19혁명이라는 불로소득으로 정권을 차지했을 뿐 자주적인 역량을 갖춘 정권이 아니었기에 약체 정권의 실체를 금세 드러내고 말았다. 그들은 4월혁명의 여파로 유행처럼 번진 데모와 극도로 문란해진 사회질서를 바로잡는 치안유지를 감당하지 못한 채 시국을 더욱 혼란하게 만들었을 뿐이다. 그것은 혁명의 유산(流産)이었다. 좋은 아이를 뱄으나 그것이 건강한 출산으로 이어지지 못한 것이다. 이러한 혼란을 틈타 용공세력까지 대두하기 시작했다. 1961년 봄에 들어와서는 일부 철부지 학생들이 공산주의자들의 선동에 놀아나 판문점에서 남북협상을 제의하는 위험한 사태까지 벌어졌다. 사회적 불안과 용공적인 풍조로 인한 정치적 불안은 국민들의 밤잠을 설치게 했다. 민족적 위기에는 민족정신이 발휘된다는 역사의 법칙을 알고 있던 국민들은 조만간 어떤 형태든 혁명이 일어나리라는 것을 예측하고 있었을 것이다.

갑신정변, 동학농민운동, 갑오경장, 독립협회, 3·1운동, 4·19혁명을 통해 내려온 조국근대화와 자주, 자립적인 근대국가 건설에 대한 국민의 강렬한 의지는 더 이상 침묵할 수 없는 수준에까지 차올라 있었고 그것은 나 자신도 절실하게 생각하던 바였다. 이러한 사태가 그대로 계속된다면 이 나라는 적화될 것이 불을 보듯 분명하였고 5천 년의 유구한 역사와 전통이 한 순간에 사라지는 것은 물론 기필코 민족중흥을 달성하여 우리와 우리 자손들도 다른 민족들처럼 잘살게 만들어 보자고 염원했던 많은 선각자들의 넋을 대할 면목이 없다는 것에 생각이 미치자 하필 이 어려운 시기에 이 땅에 태어난 서러움이 가슴을 메울 정도였다. 그러나 한편으로는 어떻게 해서든지 민족을 이 위기에서 구출해 내야겠다는 결심이 나로 하여금 잠을 못 이루게 했다.

그러나 나는 군인의 몸이었으며 군이 정치에 관여하는 것은 나 역시도 원하는 바가 아니었다. 그러나 감내와 방관에도 한도가 있는 것이다. 민족경제가 파탄 나고 사회 혼란이 한계선을 넘어 버린 지금, 머지않은 장래에 망국의 비운을 맛보아야 할지도 모르는 긴박한 사태를 보고도 감내와 방관을 미덕으로 '국토방위'란 명분에만 매어 있기를 사나이 대장부의 호기와 기백이 허용하지 않았던 것이다. 목숨을 걸고 지킨 이 땅에 최악의 사태가 벌어지고 있는 것을 어찌 명분을 이유로 보고만 있을 수 있다는 말인가.

고백하거니와 나의 구국의 의지는 사실 4·19 이전인 자유당 말기부터 싹텄다. 3·15선거 직후 군사혁명에 대한 최초의 구체적인 계획을 세웠으나 4·19혁명의 발발로 이를 백지화하였던 것이다. 우리는 혁명이 군인이 아닌 학생과 시민에 의하여 성취된 것을 너무나 다행으로 생각하였으며 4·19 뒤에는 정치와 사회가 정화되는 것은 물론

군의 개혁과 정화도 성취될 것으로 기대했다. 그러나 그 기대는 여지 없이 무너졌고 국가 전체의 위기는 더욱 가중되어 갔으며 군 내부의 정화는 아예 기대할 수도 없게 되었다. 결국 나와 동지들은 1961년 5월 16일을 기해 군사혁명을 결행했다.

거사 직후 우리는 "군부가 궐기한 것은 부패, 무능한 현 정권과 기성 정치인들에게 더 이상 국가와 민족의 운명을 맡겨 둘 수 없으며 백척간두에 선 조국의 위기를 극복하기 위한 것임"을 천명했다. 우리는 또한 「혁명공약」에서 "반공체제를 재정비, 강화하고, 자유 우방과의 공고한 유대 속에서 모든 부패와 구악을 일소하고, 국가 자주경제에 총력을 경주하여 강력한 국력을 배양하고, 나아가서 민족의 숙원인 통일을 이룩하자"고 우리의 진로를 명확히 밝혔다.

우리의 비장한 염원인 국토통일은 결코 허울 좋은 구호나 감상적인 통일론을 가지고서는 성취될 수 없는 것이었다. 자유당 치하의 북진통일론은 오히려 통일의 길을 가로막고 긴장감만 높이는 부질없는 구호였고, 5·16 전야에 활개치던 남북협상과 같은 감상적인 발상은 공산주의자들의 간사하고 음흉한 계책에 말려드는 것 외에 아무것도 아닌 것이었다. 통일을 이루기 위해서는 무엇보다도 국제적 여건의 성숙이 전제되어야 하고, 이에 당장 우리들이 해야 할 일은 하루속히 근대화를 이룩하고 통일에 대비해 우리 스스로의 주체적 역량의 충실을 위하여 힘을 기울이는 일이었다. 공산주의자들을 굴복시킬 수 있는 유일한 길은 정치, 경제, 사회의 모든 분야에서 그들을 압도할 수 있는 '힘의 과시'밖에 없다. 나와 동지들은 우리들의 내면에 신앙처럼 자리 잡은 이 생각을 공산주의를 이기고 통일을 달성한다는 '승공통일'이라는 말로 집약하여 혁명정부의 슬로건으로 내걸었다.

지난 한 세기 동안 모진 시련과 고난을 겪는 과정에서 우리 겨레의 가슴속에 자란 근대화의 의지는 4·19혁명을 계기로 급격히 각계각층으로 확산되었다. 국민들의 자각된 의식은 하나의 목표에 집중하여 타오를 수 있게 시동만 걸어 주면 놀라운 저력을 발휘할 수 있을 정도로 충분히 여물어 있었던 것이다. 이 시동의 구실을 하는 것이 바로 지도력이었다. 나와 나의 동지들은 목숨을 걸고 나라를 침략자의 마수로부터 구해 냈다는 긍지와 자부심을 가지고 있었고, 여러 해 동안 많은 인원의 해외유학을 통해 근대화에 대한 절실한 자각을 했으며, 군에서 습득한 최신의 과학적 행정관리의 기술을 구사할 수 있다는 자신감과 어떤 어려운 일이라도 우리들의 견고한 단결력을 가지고 해낼 수 있다는 조직력에 대한 무한한 긍지를 가지고 있었다. 우리야말로 멀리는 유구한 민족정기를 이어받고 가까이는 우리 국민들의 성원 속에 오랜 시련의 역사에 종지부를 찍어 조국근대화라는 민족적 숙원을 선도해 나갈 기수이자 그 성취에 가장 적합한 엘리트 집단이라는 신념 아래 혁명과업의 완수를 위해 매진했던 것이다.

제4장

도약의 1960년대

1. 개발의 의지

　정권을 인수하고 난 뒤 부딪친 문제들은 너무나 방대하고 하나같이 복잡했다. 정치, 경제, 문화 등 전 영역에 걸쳐 모두 다 자기 것부터 해결해 달라고 아우성이었다.

　그러나 어떤 것이 우선순위인지는 너무나 명확했다. 자립경제의 건설과 산업혁명의 성취, 이것이 가장 시급한 문제이며 혁명을 통한 국가의 대개혁과 민족중흥 창업의 성패 여부를 판가름하는 문제의 전부이며 관건임을 너무나 잘 알고 있었기 때문이다. 4·19와 5·16이라는 두 차례의 혁명도 따지고 보면 결국 경제의 빈곤에서 비롯된 것이며 경제생활을 개선하려는 국민적인 요구의 폭발이었다. 우리는 더 이상 가난을 삶의 동반자로 할 수 없으며 이대로 가다가는 앉아서 굶어 죽거나 국가의 파멸을 빤히 보면서도 속수무책일 수밖에 없다는 사실을 절감한 것이다. 먹고사는 문제를 해결하고 나서야 그때부터 정치가 있고 문화가 있고 사회발전도 기대할 수 있다.

　5·16군사혁명 이전 우리나라 경제상태는 누적된 정치 실패와 빗나간 경제정책으로 수습이 불가능한 상태였다. 6·25전쟁 이후 재건 부흥을 위한 원조의 규모가 줄어듦에 따라 경제성장의 기동력은 둔

화되기 시작했다. 경제적 침체로 인해 대중의 생활고는 더욱 악화되었고 실업자는 급증했다. 농촌에서는 양식이 떨어진 절량농가(絶糧農家)가 급증했으며 농가 고리채는 날로 쌓여 갔다. 반면 몇몇 특권계층과 부정축재자들은 대중의 희생을 바탕으로 점점 비대해졌고 사치성 소비 풍조가 지나쳐 외래품의 범람과 국제수지의 심한 역조 현상을 일으키고 있었다.

경제발전의 기회를 놓쳐 버린 자유당 말기, 지도자에게는 발전을 위한 의욕도 노력도 찾아볼 수 없었고 이들은 국민들에게 풍부한 실망만 선물했다. 4·19로 정권을 잡게 된 민주당 정권은 경제제일주의를 표방했음에도 불구하고 지도력의 부족과 정책의 일관성 결여로 자유당의 전철을 밟았다. 정부 투자는 물론이요 민간기업의 경제활동을 위한 사회적 분위기는 더욱 흐려졌고 경제성장률은 인구증가율 2.88퍼센트를 넘어서지 못하는 2.3퍼센트에 머물렀다. 휴전이 성립된 1953년부터 9년간 1인당 소득은 불과 12퍼센트 증가했다. 이마저도 1953년부터 1958년까지의 재건기에 이루어진 것이며 침체에 빠졌던 1959년부터는 1인당 소득이 계속 제자리걸음을 반복했다. 산업구조를 보면 막대한 외국 원조의 덕분으로 1차산업에 비하여 2, 3차 산업의 비중이 다소 늘어나기는 했으나 공업 구조의 불균형과 수출입의 불균형 그리고 중간재산업 및 사회간접자본의 미발달 등 제반 불균형이 함께 자라고 있었다.

해방 이후 우리가 받은 미국의 원조는 약 27억 달러에 달하는 방대한 규모였다. 그러나 개발에 대한 비전 실종과 실천능력의 부족으로 기간산업과 사회간접자본은 극히 후진적인 상태에 머물러 있었으며 민간기업은 시설과 원료 부족 및 자금난으로 생산활동이 크게 위축된 상황이었다. 게다가 물자의 극심한 공급 부족 현상을 정부의 통화 팽창이 부채질한 끝에 이에 따른 물가상승은 국민생활을 크게 위협하고 있었다. 이와 같이 우리가 물려받은 유산은 빈약하고 많은 위험성을 내포하고 있는 데다 제도 및 정신의 측면 또한 많은 문제를 안고 있었다.

내가 정권을 인수하였을 때 마치 "도둑맞은 폐가를 인수하였구나"라고 했던 것은 결코 빈말이 아니었다. 아무리 전후좌우를 살펴도 나에게 용기를 북돋아 주는 낙관적이거나 희망적인 면은 그 단서조차 찾을 길이 없었다. 나는 이와 같은 폐가를 재건해야 했다. 과거 1세기 동안 우리 경제를 지배하고 있던 빈곤의 악순환과 정체, 그리고 기형적인 경제구조를 청산하고 국민들에게 인간적인 생활조건을 마련해 줄 수 있는 자립경제를 건설함과 동시에 세계경제의 일원으로서의 사명을 완수하기 위해 나에게 필요했던 것은 무엇보다 굳센 용기였다. 국민들도 나의 이러한 심정에 대해 어느 정도 이해를 해 주었으므로 일단 정치안정을 거둘 수는 있었으나 우리가 지상목표로 내세웠던 경제발전과 사회안정 그리고 효율적 정치란 그리 쉬운 것이 아니었다.

그와 동시에 자본주의적 경제발전은 단순한 물질의 투입만으로 이루어지는 것이 아니라 무엇보다 정국의 안정과 인재의 동원이 필요하다는 것도 알았다. 따라서 우선 급한 대로 민주당 시절의 불안요인이었던 학생, 언론, 노동단체 및 정당 등 사회단체의 활동에 일정부분 제한을 두었으며 군사정부의 집권 기간은 1963년까지 시한부라는 것을 공고하였다. 이와 더불어 주로 대학 교수로 구성된 기획위원회를 설치하여 제반 개혁을 위한 방안을 구상, 검토케 하였는데 이는 이들의 전문성과 지혜를 빌리고 군인들에 의한 독단을 피해 보고자 했기 때문이다. 이 과정에서 성공한 것도 있고 실패한 것도 있었다. 그러나 우리의 과업에 참여한 학자들은 이를 계기로 우리의 현실문제를 정책적인 입장에서 경험적인 방법에 따라 연구하는 데 관심을 갖기 시작했으며 이들의 조언으로 우리는 정책의 효율성과 합리성을 확보할 수 있었다.

어떻게 보면 조선시대 이래의 유교적인 전통에서 학자를 높이 평가하고 이들을 직접 정치행정에 참여시킨 전통을 재현한 것은 매우 뜻있는 일이라 생각된다. 경제발전은 결국 사람이 시작해서 사람이 끝내는 것이다. 정체 상태에 놓여 있는 후진국 경제를 개발하는 데 있어 전략적으로 가장 중요한 것은 무엇보다도 인적 자원을 활용하는 능력과 기술에 있다. 나는 우리나라의 경제발전을 위한 제반 잠재력과 가능성을 결합시켜 어떻게 이것을 혁신적 발전의 추진력으로 만드느냐 하는 문제에 골몰했다.

이러한 작업에는 개발에 대한 범국민적인 강렬한 의욕이 동반되어야 한다. 이 의욕이 의욕으로 끝나지 않기 위해서는 무엇을 어떻게 할 것인가에 대한 청사진을 가지고 있어야 하며 그것을 국민이 납득하고 스스로 참여하는 적극적인 자세, 즉 '개발의 의지'를 가지고 있어야 한다. 나는 이 개발의욕을 범국민적으로 고취시키고 경제발전을 위한 국민적 의지를 하나로 모으기 위해 1962년을 제1차연도로 하는 종합적인 경제개발 5개년계획을 수립하고 이를 국민에게 제시하였다. 이 계획은 온 겨레의 지혜를 모아 작성한 것으로 이로써 우리는 낙후된 경제를 번영으로 이끌겠다는 원대한 희망과 꾸준한 노력과 인내로 성취해야 할 지표를 얻게 되었다.

이 계획의 기본 목표는 한국경제의 자립 성장과 공업화를 위한 기반 조성이다. 그러나 이 기간중의 경제체제는 되도록 민간의 자유와 창의를 존중하는 자유기업제도를 원칙으로 했다. 그렇게 함으로써만이 민간의 자발적인 의욕을 자극할 수 있다고 믿었기 때문이다. 그러나 기간산업 부문의 육성에 있어서는 정부가 직, 간접으로 관여토록 했다. 즉, 우리는 강력한 계획성이 가미된 자유경제체제를 계획집행의 기본 방향으로 삼았던 것이다. 그리고 계획기간중의 개발 순위는 한국경제의 구조적 특질을 감안하여 다음과 같이 정했다.

1. 전력, 석탄 등 에너지 공급원의 확보
2. 농업생산의 증대에 의한 농가소득의 상승과 국민경제의 구조적 불균형 시정

3. 기간산업의 확충과 사회간접자본의 충족

4. 유휴자본의 활용, 특히 고용의 증대와 국토의 보전 및 개발

5. 수출 증대를 주축으로 하는 국제수지의 개선

6. 기술 진흥

개발에 필요한 투자 재원을 조달하는 데 있어서는 국내 자원을 최대한으로 동원하는, 자조적인 노력을 바탕으로 하는 계획을 세웠다. 계획의 주요 내용을 보면 연평균 7.1퍼센트의 경제성장을 달성하여 계획기간중 국민총생산을 40.7퍼센트 증가시켜 목표연도에는 국민총생산액을 3,300억 원으로 끌어올리고 1인당 소득을 1959년의 95달러에서 112달러로 높이도록 했다. 한편 수출액은 기본연도의 4.2배인 1억 3,800만 달러로 증대시켜 국제수지를 개선하고 산업구조를 균형화하여 2차산업의 비중을 1차연도의 19.4퍼센트에서 26.1퍼센트로 높이는 것을 목표로 했다.

수치만 놓고 봐도 상당히 높은 목표였다. 연평균 7.1퍼센트의 계획성장률은 과거 우리 경제의 성장 추세로 보나 또는 여러 후진국의 경우와 비교해 매우 야심찬 것이었고 이에 대한 내외의 비판도 적지 않았다. 그러나 이러한 목표는 과거에 비해서나 클 뿐이지 우리가 달성해야 할 목표를 놓고 봤을 때는 그다지 큰 것도 아니었고 오히려 최소한의 목표였다. 물론 이 계획은 경제 전문가들이 비관했듯이 무리와 결함이 전혀 없지 않았다. 특히 이 계획의 시행 중에 발생할 수

있는 불의의 각종 재해는 큰 타격이 될 것이 뻔했다. 실제로 계획 1차 연도에 벌어진 미증유의 재해로 인한 흉작은 엄청난 타격을 가져왔고 계획에 상당한 차질을 초래한 것이 사실이다. 그러나 무에서 유를 얻으려면 닥쳐올지 모르는 고난을 두려워해서는 안 된다. 어떠한 난관이나 어려움도 극복하고 기어이 이 계획을 성공시키고야 말겠다는 굳센 의지가 반드시 필요한 것이다.

과거 우리에게도 『네이산 보고서(Nathan Report)』의 5개년계획을 비롯하여 자유당 정권 하의 3개년계획 등 경제개발계획이 전혀 없었던 것은 아니다. 그러나 행정부는 무능했고 경제개발의 무궁한 가능성과 이익에 확신을 가지지 못했고 결국 하나도 실천에 옮겨지지 못한 채 탁상공론으로 끝나고 말았다. 중요한 건 계획이 아니라 실천이고 의지이고 용기이다. 우리가 필요했던 것은 과감한 실천 바로 그것이었던 것이다. 기적은 행동에서 얻어지는 것이며, 해내고야 말겠다는 단합된 국민정신과 노력으로 가능하다고 나는 굳게 믿고 있다.

물론 제1차 5개년계획의 성공만으로 당장 풍요한 사회가 도래하는 것은 아니다. 다만 우리는 궁극적 목표인 완전자립경제의 달성과 풍요한 복지사회 건설을 위해 계속 매진할 것을 다짐하면서 그 첫 발을 내딛은 것이다. 자립경제의 확립과 복지사회의 건설이라는 우리의 목표와 이상은 제1차 5개년계획, 제2차 5개년계획 기간이 끝나도, 아니 그 후의 계획기간에도 만족스럽지 않을 수 있다. 그러나 우리는 지금 당장 할 수 있는 일을 내일로 미뤄서는 안 된다는 지극히 평범하면서도 깊은 이치를 담은 결의로 이 사업에 착수했다. 그것만이 조국의 근대화와 민족 자립이라는 이상을 달성할 수 있기 때문이다.

신념과 노력은 헛되지 않았다. 1960년대 전반(全般)을 통해 우리 경제는 지속적인 높은 성장률을 달성했고 현저한 구조개선을 실현했다. 우리가 살고 있는 오늘날의 세계는 변화의 시대이며 동시에 경쟁의 시대다. 지난 1960년대의 10년간 성과를 돌이켜 볼 때 의지와 신념을 바탕으로 경제자립과 근대화라는 벅찬 과제에 도전했던 우리의 용기는 시대의 요청에 답하는 것이었다.

그러나 적지 않은 고충과 마찰이 뒤따랐던 것도 사실이다. 경제개발이나 국가의 근대화라는 긴 안목에서 볼 때는 당연한 정책이었지만 인습에 젖어 있는 기업가나 일반 국민들에게는 당혹스럽고 급작스럽게 받아들여지는 경우가 허다했던 것이다. 그리고 결정을 내리는 정부나 당의 입장에서도 축적된 경험이나 이론적 기반이 부족하여 정책 효과에 대한 뚜렷한 전망이나 자신을 가질 수 없었던 것 역시 인정해야 할 것이다. 특히 개발 과정에서 금리 현실화, 조세정책의 강화, 단일변동환율제도의 채택, 무역자유화, 외자도입, 강력한 재정안정계획의 실시 등은 많은 논란을 불러왔다. 이러한 정책들은 결과적으로는 고도성장과 구조개선에 결정적 역할을 한 것이었으나 그 결정과 집행의 과정에서는 심각한 찬반 논란을 불러일으켰다.

1960년대 초, 우리 경제의 자립과 고도성장을 밀고 나가는 데 있어 가장 큰 어려움은 개발의 주역을 담당해야 할 민간기업의 허약한 기반과 근대적 시장구조와 기업가정신이 갖추어지지 못했다는 사실이다. 장기적으로는 민간기업가의 창의와 이니셔티브에 의존해야 한다는 것을 알면서도 우리는 현실적 불가피성 때문에 정부 자체가 과업을 떠맡지 않을 수 없었다. 그래서 우리 정부는 개발의 주역 노릇을 해야 하는 기업가 그룹을 육성하고 효율성 있는 경쟁적 시장경제의 기반을 닦기 위해 대규모 사회자본의 확충, 새로운 정책수단의 선택과 제도의 정비, 개발 목표에서 이탈하려는 민간 경제활동에 대한 강력한 견제 등에 상당한 노력을 기울여 왔다. 이러한 우리 정부의 정책적 노력은 헛되지 않았다. 개혁적인 여러 정책에서 많은 성과를 거둔 것이다.

물론 이를 시행함에 있어 부분적인 시행착오가 없었던 것은 아니다. 그러한 여러 가지 시책들은 국가정책 기조의 근본적 혁신을 의미하는 것이었기 때문에 기업과 가계 등 개별 경제단위와 마찰을 초래했고, 정부 입장에서도 정책 효과에 대한 자신감 부족과 설득의 어려움 등으로 많은 고충이 있었다. 그러나 금리 현실화를 통해 5년 동안 금융기관 저축이 무려 7배를 넘어섰고, 세제개혁을 통해 정부 지출의 재원을 조달할 수 있었으며, 단일변동환율제도와 수입자유화 정책은 수출의 신장을 가져왔고, 그것은 외자도입이나 재정안정계획 등과 더불어 경쟁력 강화 및 수출 기반 조성에 도움을 주었다.

지나간 일을 돌이켜 볼 때 이 모든 것들이 발전을 위한 값비싼 시련과 경험이었으며 객관적 현실의 인식을 바탕으로 한 과감한 결단이 고도성장과 구조개선을 위해 얼마나 중요한 것이었나를 새삼 깨닫게 되었다. 우리는 이 귀중한 경험을 토대로 제2차 5개년계획을 더욱 자신 있게 추진하였고 이로써 사회간접자본의 확충과 중화학공업의 급속한 성장을 거두어 오늘까지 계속 놀라운 경제발전을 지속하고 있는 것이다.

2. 자립의 터전

우리 경제의 발전 과정을 객관적이고 냉철한 시각으로 지켜본 많은 경제학자들은 1960년대 대한민국의 개발 성과를 경제적 기적이라 부른다. 두 번의 경제개발 5개년계획을 통해 우리 경제가 이룩한 성과는 제2차 세계대전 후 잿더미 속에서 일어선 서독과 일본 그리고 이스라엘의 기적에 필적하는 것이라는 과찬까지 들었다. 실제로 우리 민족은 제1, 2차 경제개발계획의 성과로 1950년대 말의 실의와 절망으로부터 벗어나 장래에 대한 새로운 자신과 희망을 되찾을 수 있게 되었다. 나아가 성장된 국력을 바탕으로 과거 남에게 의존해 오던 수혜 관계에서 벗어나 세계시장에서 '선의의 경쟁자'로, 그리고 우리보다 낙후된 여러 개발도상국에 대해서는 '성실한 동반자'로서의 역할을 하며 세계경제에 당당하게 참여할 수 있게 되었던 것이다.

그러면 우리가 1960년대에 이룩한 구체적인 성과는 어떤 것이었는가. 이에 대한 나 자신의 평가를 간단하게 요약해 보고자 한다.

첫째, 우리 경제는 지난 10년 사이에 연평균 8.6퍼센트에 달하는 실질소득 성장을 기록, 전체 경제규모가 2.3배 확대되었다. 1960년대를 전·후반으로 구분해 놓고 보자면 전반기의 5.5퍼센트에 비해 후반기에는 11.7퍼센트라는 높은 성장을 달성했다.

그중 고도성장을 주도한 부문은 제조업이었다. 1960년대 전체를 통틀어 연평균 16퍼센트의 빠른 속도의 성장을 보였으며, 제조 부문의 발전을 뒷받침하기 위한 사회자본 부문에 있어서도 연평균 17.1퍼센트의 성장을 달성하였다.

이러한 근대적인 산업부문의 건설과 하부구조의 확충을 주축으로 한 고도성장은 산업생산지수에서 뚜렷이 나타난다. 전기업(電氣業)을 포함한 산업생산의 규모는 10년간에 5.5배의 성장을 기록했고 1인당 GNP는 1959년의 95달러에서 1969년에는 198달러로 무려 100달러가 늘어난 연평균 6퍼센트 이상의 높은 성장을 보인 것이다. 이는 유엔이 '개발연대(年代)'의 목표로 내걸었던 연평균 성장 목표 5퍼센트를 훨씬 넘어서는 것이다.

둘째, 지난 10년 사이에 우리 경제가 이룩한 산업구조의 고도화를 들 수 있다.

우리나라와 같이 천연자원이 부족하고 인구가 많은 경제환경에서는 농업부문에서 공업으로의 구조 전환과 이를 바탕으로 한 기술혁신, 해외시장 진출 등을 개발전략의 핵심으로 삼지 않으면 안 된다. 우리 정부가 정책의 방향을 공업화와 공산품의 수출에 역점을 두고 추진한 것은 바로 이런 이유였다. 이러한 개발정책의 결과로

GNP에서 차지하는 광공업 부문의 비율은 1959년의 14.1퍼센트에서 1969년에는 25.9퍼센트로 크게 늘어났고, 근대적 산업사회 건설에 필수인 전력, 도로, 항만 등 사회자본의 확충 역시 광범위하게 이루어졌다.

이러한 공업화와 산업기반 구축의 진전은 수출과 수입대체의 원천이 되었다. 공업화에 따른 노동집약적인 경공업 제품의 급격한 공급 확대는 수출 증진을 위한 탄탄한 물적 기반이 되었으며 1950년대와 1960년대 초에 걸쳐 대규모의 외자 부담을 안겨 주었던 정유, 시멘트, 철강재, 비료, 화학섬유제품, 전기기구, 약품 등의 국내 생산이 이루어지게 됨에 따라 상당한 규모의 수입대체 효과가 나타나게 되었다.

셋째, 1960년대의 우리 경제가 이룩한 가장 보람찬 성과는 수출의 놀라운 신장이었다.

국내시장 규모가 보잘것없고 자원이 부족한 우리나라와 같은 경우, 경제를 발전시키는 데 가장 바람직한 전략이 공업화와 수출이라는 것은 누구나 다 아는 사실이다. 우리 정부는 일찍이 이 점에 중점을 두어 재정, 금융 및 산업정책 등 모든 경제시책을 수출제일주의로 펴 왔으며 그 결과 우리나라의 수출 확대는 연평균 42.6퍼센트로 10년간에 그 총량이 35배로 증가하는 세계 제일의 신장률을 나타냈다.

한편 수출의 확대에 따라 수출상품 구조도 공산품 중심으로 이동,

그 질을 높였으며 해외시장을 다변화하여 수출을 글자 그대로 우리 경제의 성장과 도약의 추진 동력으로 만들었다. 이러한 성과를 이룩하는 데 있어 특히 기업가들의 창의적인 혁신과 시장 개척을 위한 헌신적인 노력이 크게 뒷받침되었다는 사실을 기억해야 할 것이다.

넷째, 1950년대와 60년대 전반까지 줄곧 우리 경제의 성장과 안정을 위협했던 만성적인 인플레에서 벗어난 것이다.

우리는 강력한 재정안정계획의 실시, 물자 수급의 적절한 조절, 수입자유화, 소득정책의 실시, 누적된 재정적자의 불식 등 일련의 시책에 힘입어 연평균 20퍼센트에서 30퍼센트까지 오르내리던 악성 인플레를 1965년 이후 연간 10퍼센트 미만으로 잡아 내렸으며 최근에는 7퍼센트 선으로 끌어내려 안쪽으로 시장과 국민의 삶을 크게 안정시켰다. 이는 장기적인 고도성장을 지속시키는 데 반드시 필요한 것으로 특히 시장경제의 기능을 바로잡는 데 큰 도움이 되는 것이었다.

다섯째, 수송혁명의 서막을 올린 경부고속도로의 완공이다.

1970년 7월 7일 개통식을 가진 이 공사는 순전히 우리의 기술과 재원으로 이룩된 사업이다. 428킬로미터에 달하는 이 고속도로를 우리는 세계에서 가장 적은 비용인 1킬로미터당 1억 원(33만 달러)에 해당하는 429억 7,300만 원을 투입해 불과 2년 5개월이라는 짧은 기간에 완성했다. 고속도로가 관통하는 언저리 지역의 인구는 총인구의 63퍼센트를 점유하고 있으며, 산업은 국민총생산액의 66퍼센트와 공업 생산액의 81퍼센트를 차지하고 있고, 전체 자동차 보유 대수의 81퍼센트가 이 도로를 이용하게 될 것이므로, 그 경제적인 의의는 대단히 큰 것이다. 우리는 이미 개통된 경인, 경부 고속도로에 이어 1970년에 일부 완공한 호남고속도로와 1971년에 착공 예정인 영동선, 남해선 등의 건설을 추진 중인데 이것이 연결되면 전국은 1일생활권으로 좁혀져 전국의 도시화는 물론 국민경제 발전과 산업 근대화에 크게 이바지할 것으로 확신한다.

고속도로망의 건설계획이 공표되었을 때 국내외 일부에서 비판적이고 회의적인 여론도 있었던 것을 기억하실 것이다. 그러나 나는 "우리의 제한된 자금으로 당면한 수송의 어려움을 타개하는 데 있어 철도나 항만에 비해 도로 개발이 훨씬 투자효율이 높을 뿐 아니라 각종 산업의 발전, 지역개발의 촉진, 생활권의 확대 등 국민경제 발전에 유리하다는 점을 지적하고 이 사업을 조국근대화의 상징적인 사업으로 삼아 기어이 우리의 자본, 우리의 기술, 우리의 노력만으로 완성해 보겠다"는 굳은 의지를 표명한 바 있다. 우리 민족사상 최대의 공사였던 경부고속도로의 성공적 건설이야말로 우리 민족의 무한한 저력을 만방에 알리고, 하고자 마음만 먹으면 무엇이든 해낼 수 있다는 자신감을 일깨워 준 민족사의 사건이자 큰 의의를 지닌 사업이었던 것이다.

이 밖에도 우리 경제가 1960년대에 이룩한 성과로는 금리 현실화 정책을 기반으로 이루어진 금융기관 저축의 높은 성장과 이로 인한 대규모의 내자 동원 가능 및 5배에 가까운 금융저축의 신장이 있고, 갑절로 늘어난 농업생산 규모와 기업적인 농업혁명의 기반 구축, 울산공업단지의 건설 등을 자랑으로 내세울 수 있을 것이다. 이렇게 두 차례에 걸친 5개년계획의 강력한 집행으로 우리는 많은 고무적인 성과를 거두었다.

그러나 그 과정에서의 실책도 한 둘이 아니었음을 나는 솔직히 시인한다. 실천에 대한 과열과 목표 달성에 대한 강박, 그리고 자원 이용의 효율성과 수단과 선택에 대한 사전 검토의 불충분으로 상당한 무리와 비능률을 초래하기도 했던 것이다.

그 첫 번째 사례로 1962년에 단행한 화폐개혁을 들 수 있다. 이것은 우리가 당초 기대했던 성과를 거두지 못하고 완전히 실패한 전형적인 사례라 할 수 있겠다. 처음 계획은 과잉유동성을 흡수하여 잠재적 인플레를 미연에 방지하고 개인의 금고 속에 들어 있을 막대한 퇴장(退藏) 자금을 산업자금으로 전용하는 것이었다. 그러나 결과적으로는 통화가치만 떨어뜨리고 일시적이기는 하였지만 금융질서에 혼란을 가져옴으로써 생산활동의 위축을 자아내는 결과를 초래했을 뿐이다.

둘째로 농어촌 경제의 성장 발전에 암적 존재였던 농어촌 고리채 정리 과정에서 발생한 실책이다. 물론 농어촌의 고리채 정리 문제는 혁명정부가 아니고서는 감히 시도해 볼 엄두조차 내기 어려웠던 대담한 정책이었다. 농어촌의 고리채 정리에 있어 이를 메우기 위해 농자금을 방출한 것까지는 좋았으나 이를 회수하는 데 강권을 쓴 것은 큰 실책이었다. 이 때문에 채무를 진 농어민들은 양곡과 축산물 및 논밭의 방매(放賣)를 하게 되었고 그로 인한 가격의 하락은 농업생산의 증진과 농업소득의 향상에 역행하는 결과를 가져왔다.

셋째는 1960년대의 성장 치중 정책으로 금리, 환율, 세율 및 통화량 등 나라 살림살이의 조정 역할을 하는 주요 정책에 경직화 현상이 나타난 것이다. 일의 형편에 따라 적절하게 대처할 수 있는 신축성을 잃어버리는 것은 개발 과정에서 일부 불가피한 현상일지는 모르나 이는 정책 당국으로 하여금 문제 발생 시 기동성 있게 대처할 수 있는 능력을 상실케 하여 정책의 운영 여지를 좁게 만드는 결과를 불러온다.

이 밖에도 기업의 보호 육성, 외자도입 및 재정금융 면에서도 시행착오가 많았음을 나는 솔직히 시인한다. 그러나 우리는 두 차례의 계획 수립 집행 과정에서 많은 귀중한 경험을 얻었고 생생한 산 지식을 체득했다. 이러한 지식과 경험은 앞으로 우리의 큰 자산이 될 것이다.

1960년대 우리 경제가 이룩한 개발의 성과는 어떻게 보면 우연이 빚어 낸 기적처럼 여겨질지도 모른다. 그러나 이는 우연도 기적도 아니다. 국민 각자의 의식 속에 굳건히 자리 잡은 부흥에 대한 의지, 정부의 리더십에 대한 국민들의 전폭적 호응과 협조, 널리 보급된 교육과 기술의 향상, 질적으로 향상된 훌륭한 노동력의 활용, 그리고 정부의 확고한 개발정책 수행 등 여러 가지 요소가 서로 작용함으로써 나타난 당연한 결과라 해야 마땅할 것이다.

3. 보람된 노력

　우리같이 민족자본이 영세하고 유능한 기업가가 극히 부족한 상황에서 신속한 경제발전을 꾀할 때 겪어야 하는 어려움은 한두 가지가 아니었다. 따라서 초창기에는 정부가 앞장서서 지원하는 정책을 쓸 수밖에 없었으며 정부의 정치·행정 능력의 향상 여부는 곧 경제발전의 성패를 가름하는 까닭에 정치·행정의 능력 향상을 위한 제반 조치를 취하지 않을 수 없었다.

　모름지기 근대화를 지향하는 사회의 정치인이라면 개인의 이익 추구 대신 확고한 이념으로 합리적인 정책을 구상하고 제시하여 조직적인 지도체제를 갖추고 기강을 잡아 나가야 한다. 이를 위해 필요한 것이 정치능력의 향상을 위한 조치였고, 그래서 나는 새로운 이념을 가진 인사들로 정당을 구성하는 데 각별히 신경을 쓴 바 있다.

　정책을 결정하는 동안에는 얼마든지 갑론을박이 있을 수 있다. 그러나 일단 방향이 결정되고 나면 일사불란하게 당과 국회를 운영할 수 있어야 한다. 이를 위해 나는 나름대로 노력을 해 왔으며 그 과정에서 반발과 고충도 만만치 않았으나 그때마다 보다 큰 목표를 위해 결단을 내리지 않을 수 없었다. 정치적 신념은 행정의 뒷받침이 있어야 실현될 수 있다. 따라서 우리는 집권 직후부터 낙후된 행정체제에 손을 댈 수밖에 없었고 그 개편 과정에서 기존 세력의 저항에 부딪치기도 하였으나, 다행히 군에서 습득한 행정관리 기술을 활용하여 비교적 자신감 있게 일을 처리해 나갈 수 있었다.

행정개혁에서 무엇보다 중요한 것은 일정(日政)기로부터 물려받은, 다분히 통제 위주의 체제를 보다 능동적이고 효율적인 체제로 전환하는 일이었다. 발전을 위한 긴요한 사업을 추진할 때 기존 조직을 활용하는 것보다 새로운 조직을 만들어 그 임무를 맡기는 것이 성과 면에서 오히려 효과적일 수 있음을 우리는 알고 있었다. 기구와 공무원 수를 늘린다는 비판도 없지 않았으나 우리는 보다 착실한 성과를 올리기 위해 행정개혁을 단행했다. 우리는 경제발전을 효율적으로 추진하기 위해 5·16 이후 어느 부처보다도 격이 높은 경제기획원을 신설했고 이와 동시에 건설과 기타 경제발전을 위한 행정조직과 국영기업체를 개편했다. 한편 모든 사업의 뒷받침이 되는 국세 징수의 획기적인 혁신을 위해 역시 국세청을 새로 만들었고 그 결과 국세 징수에 있어 종전과는 판이한 성과를 거두게 되었다. 물론 세수(稅收) 증대의 직접적 근원은 신속한 경제발전에 있었지만 경제발전율을 2배 이상 앞지른 것은 행정의 향상이 기여한 바 컸다고 생각한다. 이제 우리는 외국 원조가 끊어져도 우리의 세수만으로 충분히 나라 살림을 꾸려 나갈 수 있게 되었다. 원조로 연명하던 세월에 비해 격세

지감이 느껴지지 않을 수 없다. 우리는 이를 매우 흐뭇하게 생각하고 있으며, 더욱 고무적인 것은 이렇게 되기까지 온 국민의 적극적인 협조가 있었다는 사실이다.

이렇게 발전과 효율을 기할 수 있는 방향으로 행정기구를 개편했으나, 역시 무엇보다도 중요한 것은 사람이었다. 5·16 직후 나는 전문성이 요구되는 일부 경제부처를 제외한 상부층 인사의 과감한 교체를 단행했다. 이와 동시에 전 공무원에 대해서는 많은 예산을 들여 새로운 이념과 관리기술을 갖출 수 있도록 공무원 교육훈련 제도를 확장하고 보강하였다. 이러한 우리들의 노력이 단시일 내에 성과를 거둘 수 있었던 것은 이미 일부 공무원 중에도 나와 같은 생각을 가진 사람들이 있어 이 계획에 적극적으로 호응하고 협력을 해 준 데 있었다고 생각한다.

정치, 행정의 영역은 나의 직접적인 영향력이 미칠 수 있어 비교적 쉽게 전환 작업을 이룰 수 있었다. 그러나 나의 전문 영역 밖인 교육, 언론 등의 분야는 사회발전에서 차지하는 비중이 극히 높음에도 불구하고 상당한 시간이 걸릴 수밖에 없었다. 물론 그것은 영향력의 직접적인 발휘가 곤란한 까닭도 있었지만 그보다 조선, 일정기 이래의 오랜 전통에서 벗어나는 것이 그리 쉬운 일이 아니었기 때문이었다. 한국과 같이 경제력에 비해 교육보급률이 상대적으로 높은 경우, 특히 중요한 것이 교육과 언론이라고 생각한다. 따라서 우리는 이에 비상한 관심을 가지고 어떻게 하면 이를 국가발전을 촉진시키는 방향으로 이끌 수 있을지 고민을 거듭했다. 4·19의 경우 그것은 전적으로 교육과 언론이 정부의 부정을 자유롭고 용감하게 비판할 수 있었다는 데 성공 요인이 있었음을 우리는 잊지 않았다. 그래서 우리는 그들의 비판과 격려에 대해 최대한 이를 수용하는 쪽으로 노력했다. 그러나 가끔 건전한 비판이 아닌, 정부가 하는 일이라면 무조건 물고 늘어지는 경우에는 이를 제지하지 않으면 안 되었다.

특히 한·일 국교정상화를 위한 협상 과정에서 이 문제는 심각했다. 우리는 집권 직후부터 민족의 주체성과 반공을 지표로 들고 나왔지만 그렇다고 매사 폐쇄적 입장을 취할 생각은 없었다. 오히려 적극적인 개방정책으로 외국과 충분한 문화적 접촉을 가질 때 발전의 원동력이 될 수 있는 자극을 받는 것은 물론이고 상호 이해와 국제적 지위 향상을 통해 우리가 염원하는 경제적 발전도 촉진된다는 생각을 가지고 있었다. 그래서 적극외교의 방침 아래 동남아, 중동, 아프리카, 남미의 중립국까지 진출했으며 각국 원수의 방문, 사절단의 파견 등 여러 가지 적극적 자세를 취했던 것도 바로 이런 이유에서였다. 이런 노력의 연장선 상에서 일본과의 국교 회복은 당연히 해결해야 할 시급한 과제였다. 그러나 일본은 우리의 식민통치자였으며 그들로부터 모진 학대와 굴욕을 받았던 우리에게는 민족적인 반일(反日) 감정이 뼛속 깊이 박혀 있었다. 이러한 반일감정과 반일교육은 해방 후에도 계속 강조되어 왔기 때문에 한·일 국교정상화는 지식인, 학생은 물론이고 일반 국민들로부터도 강한 반대가 나오는 것은 충분히 있음직한 일이었다. 물론 그것이 애국적 동기에서 나온 것임을 모르는 바는 아니지만 그렇다고 한국의 발전을 위해 반드시 필요한 이 작업을 퇴보적인 여론의 압력에 못 이겨 포기할 수는 없었다. 우리는 국제정세의 변화와 국교정상화의 필요성을 역설하며 설득을 계속했지만 중도에 계엄령을 선포하는 원치 않았던 사태까지 발생했고 야당 인사와 지식인들로부터 심한 비난을 받아야 했다. 그러나 우리는 오직 먼 앞날을 내다보고 국가의 장구한 발전을 위한다는 신념에서 이를 계속 밀고 나가야만 했다.

개방정책과 더불어 시급하게 우리가 갖추어야 할 것이 국민들이 주체성을 갖고 발전에 대한 자신감을 갖는 일이었다. 우리 민족은 이민족으로부터 여러 차례 침략을 받아 왔고 그들은 언제나 우리보다 우월한 힘과 문화를 가지고 침투해 들어왔으므로 우리도 모르는 사이 우리의 마음 한구석에는 장래에 대한 비관이 팽배했고 자부심과 희망의 실종 상태에서 절망과 체념의 생활태도를 가지기도 하였다. 그러나 우리의 이러한 비생산적이고 발전을 외면하는 태도는 선천적으로 주어진 것이 아니라 우리의 불우했던 과거가 남겨 놓은 잔영에 불과한 것이다. 반대로 우리 민족은 본래 부지런하고 창조적이며 자부심과 성취의욕이 강한 민족이었음을 우리는 역사를 통해 잘 알고 있다. 우리의 고민은 어떻게 하면 이러한 국민들의 패배의식을 일소하고 주체의식, 자립의욕 그리고 자부심을 되찾아 국가발전에 대해

강한 의지와 자부심을 갖게 하느냐에 있었다. 그래서 우리는 언론과 교육에 종사하는 지식인과 여론 형성 지도층에게 기회 있을 때마다 적극적인 역할을 담당해 줄 것을 부탁했고 우리의 역사 가운데 위대한 인물을 찾아 높이 평가함으로써 민족의 주체성과 자부심을 지켜 나가는 일을 게을리하지 않았다.

집권 후 정국은 그동안 여러 번 걱정스러운 사태를 맞기도 했으나 한·일 국교 회복을 마지막으로 안정의 길에 들어섰는데 이는 우리 국민들의 눈에 경제성장의 성과가 어느 정도 보이기 시작함으로써 정부에 대한 전통적인 불신감이 씻어지기 시작한 때문이라 생각한다.

1965년에는 역사상 초유의 국군 해외 파견이 있었다. 여론은 찬반이 엇갈렸으나 여러 달을 두고 심사숙고한 끝에 내린 결정이었다. 베트남(월남)에서 공산주의를 막아 내는 것은 우리의 안보와도 밀접한 관련이 있으며 우리의 파병이 베트남의 자유인들에게 용기를 줄 수 있고 6·25전쟁 때 우리를 도와준 우방에 대한 보답까지 겸하여 국군의 파월(派越) 결정을 내리게 된 것이다. 물론 파병에 수반되는 국가적 이해관계도 충분히 고려했으나 무엇보다 6·25전쟁을 돌아봤을 때 당시 16개국의 참전이 우리에게 얼마나 많은 용기를 주었는가 하는 기억에 비추어 최종적 결정에 동의했던 것이다.

이러한 사실은 이제 외교 면에서 국교나 맺고 무역이나 하는 정도가 아닌, 우리가 보다 적극적이고 능동적으로 국제관계를 맺는 데까지 참여할 수 있다는 자신감의 표현이기도 했다. 이러한 자신감의 표현이 아스팍(ASPAC, 아시아태평양이사회)의 결성이었다. 이러한 성과는 국민들에게 큰 자부심과 주체성을 갖게 한 것은 물론 국민들로 하여금 불신과 회의가 아닌 신뢰와 신임으로 정부를 바라보게 만드는 효과를 가져왔다.

우리 민족은 지난 수백 년 동안 통치자를 불신의 눈으로 봐 온 탓에 국민이 정부를 신임한다는 것은 쉬운 일이 아니었다. 1967년의 대통령선거에서 4년 전보다 훨씬 많은 표차로 승리를 거두었을 때 나는 집권 이후 오직 경제발전이라는 실적을 통해서 국민들로부터 인정을 받고 집권의 정당성을 얻으려던 나의 결의가 6년 만에 성취된 것 같아 특히 감개무량하였다. 이제는 정국의 안정과 경제발전의 진전과 더불어 학원, 언론계의 지식인들도 점차 반대 성향이 완화되기 시작했고 정부가 하는 일에 대한 국민들의 의식이 초기의 방관에서 차차 참여의 방향으로 전환되기 시작한 것은 반가운 일이라 아니할 수 없다. 그러나 무엇보다도 기쁘고 감사할 일은 국민 전체에 파급된 장래에 대한 자신감, 노력만 하면 잘살 수 있다는 확신, 각자 부지런히 자조 자립의 길을 찾으려는 자주의식 그리고 한민족으로서의 자부심과 긍지를 갖고 지도자를 중심으로 일치단결하고 합심하여 협력하게 되었다는 사실이다. 이것이 단적으로 드러난 것이 1968년 초부터 빈번하게 벌어진 북한의 공비 및 간첩 침투에 대해 국민들이 보여 준 용기와 단결이며 민주주의에 대한 헌신적 충성이라고 본다.

크고 작은 도발적 침략이 있을 때마다 지도자는 물론 모든 국민의 반공의식이 높아졌고 목숨을 걸고 이들과 싸워 이겼다. 이와 같이 외적의 침투에 국민 전체가 일치단결의 모습을 보여 주는 것은 앞으로의 발전이 마치 일단 시동을 건 차가 내리막길을 달리는 것과 같은 것이라고 생각된다. 우리는 이제부터는 지난날의 외국 의존적 사대주의와 비관적인 자조, 자학을 영원히 극복할 수 있으리라 믿는다. 해방 이후 새로 자라난 젊은이들을 보라. 충분한 교육으로 문맹이 없고 세계 정세에도 눈을 떠 스스로의 사명감을 깨닫고 장래에 대해 긍정적인 생각을 품게 되었으니 이들에 대한 기대가 크지 않을 수 없다.

뭐니 뭐니 해도 국가발전의 미래는 젊은이들의 마음가짐에 달려 있는 것이다. 따라서 유능한 젊은 세대를 기르기 위해 우리는 국민 모두에게 우리 교육의 이념을 명문화하여 알림과 동시에 모든 교육정책을 이에 일치시키는 방안을 모색하게 되었다. 전통적으로 우리 국민은 배우려는 의욕이 어느 민족보다도 강하므로 우리가 바람직하다고 생각하는 교육 내용을 잘 갖추어 놓으면 민족성의 정화란 어려운 일이 아니다. 이것은 결코 정권 담당자들만 고민할 문제가 아닌 장기적이고 범국민적인 사안인 까닭에 우리는 여러 분야의 의견을 귀담아 1년여의 연구 기간을 거친 후 그 성과물로 「국민교육헌장」을 제정하고 공포하기에 이르렀다. 1968년 공포된 「국민교육헌장」

은 창의성과 협동의식을 갖고 한민족으로서의 자각과 발전에 이바지하는 인간을 형성하려는 민족의 이상을 다시 천명한 것이다. 이제 남은 문제는 넓은 의미의 교육기관인 가정, 학교, 매스컴을 통해 어떻게 효율적으로 온 민국이 이 헌장에 담긴 바람직한 국민이 되게 하느냐에 있을 것이다.

머지않아 구현될 것으로 예견되는 우리의 자립·자주를 위해 우리는 국내외의 안정을 이룩하면서 민족의 일원으로서의 자각과 공동운명체 의식을 가지고 발전적 자세로 정치, 경제 및 기타 사회의 제 활동에 적극 참여하고 민족의 창의적인 예지를 총동원하여 희망찬 국가발전을 이룩하는 1970년대의 과제를 향해 전진해 나가야 할 것이다.

제5장

태평양의 물결

1. 평화의 나침반

오늘날 대한민국에 대해 약간이라도 지식이 있는 사람들은 한국을 가리켜 '분쟁의 씨를 안고 있는 위험지대' 혹은 '폭발 직전의 화약고'라는 식의 생각을 가지고 있는 것 같다. 하긴 지난 25년 동안 한반도의 정세를 복기해 보면 일부 수긍이 가는 견해인 것도 사실이다.

2차 세계대전 직후 자유·공산 양 진영의 대립으로 국토가 양단되면서부터 우리의 산과 들에는 이미 분쟁의 먹구름이 끼기 시작했으며 마침내 1950년 6월 25일 김일성 북한공산집단을 앞세운 국제공산세력의 기습남침으로 이 땅은 하루아침에 아비규환으로 변하고 말았다. 1953년 7월 27일 휴전이 성립되기는 했으나 그 후 거의 20년 동안 대한민국과 북한은 준(準) 전시적 긴장상태에서 공포의 대결을 계속해 왔고 특히 최근 들어 빈도가 급격히 늘어난 북한의 무장공비 남파와 더불어 주한 미군의 감축 논의 등 일련의 사태는 한반도에 심상치 않은 일이 벌어지지 않을까 하는 의혹을 불러일으키기에 충분하다고 본다.

한편 학자들 중에는 한반도의 긴장 요인을 우리의 지정학적 여건 속에서 찾아보려는 사람도 있다. 일본열도와 아시아대륙 동북면을 연결하는 다리의 위치를 차지하고 있는 우리의 지리적 조건과 주변의 동태가 아마도 그러한 견해의 근거가 되지 않았나 싶다. 실제로 이는 역사적 사실에 의해서 뒷받침된다. 1231년 대륙의 원(元)나라가 우리나라를 침공했을 때 그들의 궁극적 목표는 한국을 발판으로 일본을 공략하는 데 있었고, 1592년 임진왜란 때는 거꾸로 일본이 대륙 진출을 위해 이 땅을 교두보로 삼으려 했다. 그 후 1894년의 청·일전쟁은 대륙 침략을 꿈꾸는 일본제국과 이를 저지하려는 중국의 전략기지 확보를 위한 싸움이었고, 러·일전쟁도 제정 러시아의 남진정책과 일본의 북진정책이 한판 자웅을 겨룬 결과였던 것이다.

이처럼 우리나라는 세력 확장을 노리는 주변 열강의 각축장이 된 게 한두 번이 아니었고 그때마다 동아시아 지역의 평화와 안전은 중대한 도전을 받아 왔다. 한반도의 평화가 유린됨으로써 아시아의 평화가 파괴된 근대 역사의 대표적인 예로 우리는 1931년의 일본의 만주 침공과 1937년의 중·일전쟁을 떠올릴 수 있다. 그 이후 소위 대동아전쟁의 원인도 따지고 보면 일본이 러시아, 청나라 등의 열강을 제압하고 한반도를 대륙 원정의 전초기지로 확보한 데 있었다고 보는 것이 좋을 것이다. 이런 의미에서 한반도의 평화는 곧 동아시아의 평화를 좌우하는 관건이라 해도 과언이 아니다.

2차 세계대전 후에도 한반도는 여전히 전란과 긴장의 회오리 속에서 벗어나지 못하였으니 이는 승전국으로 등장한 소련이 반도 북반을 강점함으로써 우리의 국토가 분단되고 1950년 6월 25일 김일성

공산집단을 앞잡이 삼아 남침을 감행한 데 이어 북한이 무력 적화통일의 야욕을 채우기 위해 계속 무력도발을 자행하고 있기 때문이다.

이렇듯 유구한 반만년의 역사를 통해 우리 민족은 주변 열강의 각축으로 여러 번 평화를 짓밟혔고 이 지역의 안전에 충격을 주는 위험지대 역할을 해 온 것이 사실이다. 그러나 오늘날의 우리 한국은 어제의 한국과는 다르다. 전쟁의 폐허 위에 개발과 건설의 주춧돌을 놓고 성장과 발전의 모범국으로 발전하고 있으며, 은둔의 이불을 박차고 일어나 세계무대에 진출하여 이 지역의 평화와 안전에 공헌하는 중이다. 지난 한 세기 동안 진로를 잃은 조각배처럼 세계 열강이 일으키는 거센 격량 속에서 방향 없이 표류해 왔던 우리 한국이 이제는 사물의 이치를 꿰뚫는 지혜로운 자각과 자주적 노력으로 이룩한 근대화를 바탕으로 열강과 어깨를 나란히 하며 세계사의 흐름에 능동적으로 참여하고 있는 것이다.

오늘날의 아시아에는 이전 세기에 이 지역을 휩쓸던 제국주의의 물결보다도 더욱 거세고 험난한 공산제국주의의 격랑이 몰아치고 있다. 한때 일본 제국주의가 한반도를 석권하면서 아시아에서 세력균형이 무너지고 평화가 교란된 끝에 드디어 태평양전쟁의 고난을 겪어야 했던 것과 마찬가지로 오늘의 한반도가 만약 공산제국주의에 의해 적화되는 날에는 아시아·태평양지역의 평화는 결정적으로 흔들리게 될 것이다. 따라서 아시아 특히 동북아시아의 진정한 평화는 예나 지금이나 한반도의 평화에 달려 있다.

그러면 한국의 평화는 어떻게 유지될 수 있는가. 그 답은 지극히 간단하다. 그것은 한국이 '힘의 진공상태'에서 탈피하여 한반도에 밀어 닥치는 열강의 물결을 막아 낼 수 있는 역량을 기르는 것이다. 이는 우리가 역사의 시련에서 터득한 값비싼 교훈이다. 그런 까닭에 조국근대화를 향한 우리의 신념은 우리만 잘살아 보겠다는 자기중심적인 민족지상주의가 아니라 아시아와 태평양의 모든 나라들과 더불어 평화롭게 살아야겠다는 우리 국민의 의지가 불같은 정열로 발휘된 끝에 나온 것이다. 이 길만이 우리의 숙원인 조국통일의 유일한 지름길이며 한반도가 '힘의 진공상태'에서 벗어나는 가장 옳은 방법이기 때문이다.

그런 의미에서 우리의 조국근대화의 성패는 동아시아의 안전을 점칠 수 있는 '평화의 나침반'이라고 해도 결코 지나친 말이 아닐 것이다. 우리는 조국근대화와 민족중흥의 과업이 보람찬 성과를 거두어 우리의 국력 신장에 기여함으로써 더욱 더 긴장의 해소라는 오늘의 세계 대세에 적극 참여해야 한다고 믿는다.

우리는 국제사회에서 경직된 반공(反共) 국가가 아닌 전진하는 승공(勝共) 국가의 밝은 이미지를 심기 위해 부단한 노력을 경주해 왔으며 이러한 노력은 앞으로도 계속될 것이다. 우리는 북한, 중공, 쿠바와 같은 극좌모험주의적인 국가를 제외하고는 비록 공산진영에 속하는 나라라 할지라도 우호 친선을 유지하고 통상관계를 갖기로 하고 있거니와 이는 새 시대의 국제 조류에 능동적으로 참여하여 세계평화에 일익을 담당하겠다는 우리의 의욕과 의지의 발로인 것이다. 근래 한국 대표가 참여하는 각종 국제회의의 횟수도 그렇지만 우리나라에서 개최되는 국제적 회의의 규모로 보아도 국제 긴장의 부싯돌에서 벗어나 국제평화에 적극적으로 이바지하려는 우리의 의지와 노력은 이미 국제사회에 잘 알려진 것이라 믿는다.

아시아에서 긴장을 완화하고 안전과 평화를 조성하기 위한 우리의 선도적 역할은 아시아태평양이사회(아스팍)의 창설과 운영 과정에서 두드러지게 부각되었다. 오늘의 아시아 국가들은 근대화 과업을 추진하면서 공산제국주의의 위협을 물리쳐야만 한다는 점에서 모두가 같은 처지에 놓여 있다. 따라서 근대화 과업을 보다 신속하게 그리고 보다 효율적으로 추진시켜 나가는 데 있어서나 공산주의의 위협을 보다 효과적으로 이겨 나가는 데 있어서나 아시아 국가들 사이의 밀접한 제휴와 협조는 절대적으로 필요하다. 1966년 서울에서 발족한 아스팍은 그간 여러 차례의 각료회의와 경제·사회·문화 등으로 나누어진 부문별 회의를 통해서 아시아지역 국가 간의 이해 증진과 교류 협조를 위해 커다란 공헌을 하였으며 이 기구가 갖는 중요성은 날로 커지고 있다. 서울에서 아스팍이 처음으로 발족하던 자리에서 내가 강조했듯이 그것은 '평화, 자유, 균형된 번영의 위대한 아시아·태평양 공동사회'의 건설을 위한 것으로 '평화혁명'이 주제인 것이다.

현실적으로 말하자면 아시아의 평화와 안전은 베트남전쟁의 명예로운 해결에서부터 시작되어야 한다. 국군을 파병한 우리의 입장에서 이 문제의 해결은 더욱 절실하다. 아시아 국가들의 협조로 '아시아·태평양 공동사회'가 건설되고 '평화혁명'이 달성된다 하더라도 베트남전쟁과 인도차이나사태가 '불명예로운 해결'인 공산화로 끝나는 날, 모든 것이 하루아침에 수포로 돌아갈 것은 뻔한 일이다. 베트남전쟁의 '명예로운 해결'이 이루어지는 날 우리 한국군은 지체 없이 철수할 것이다. 국제환경에 능동적으로 적응해 나가고 이런 자주적인 선택을 통해 아시아·태평양지역의 평화와 안전을 확보, 유지하려는 우리 민족의 결단과 노력은 보람찬 결실을 맺어 갈 것이다.

2. 평화공존의 앞날

1960년대의 국제정세는 평화공존과 국제 다원화를 특징으로 한 것이었다고 볼 수 있다.

핵무기 중심의 군비경쟁이 마침내 '산 자가 죽은 자를 부러워하는' 처참한 인류 공멸을 가져오리라는 각성이 싹트면서 전면 핵전쟁의 방지는 미·소 양국의 새로운 국가이익으로 대두하게 되었다. 냉전 이래 세계정치를 좌우한 양국의 이러한 변화는 두 나라의 대외정책과 군사전략에도 많은 변화를 주었을 뿐만 아니라 국제정치 전반에도 지대한 파급효과를 가져왔다. 다시 말해 핵무기 중심의 군사적 양극화가 국제정치의 다원화를 초래한 결과 미국은 다원화 시대에 적합한 새로운 국제정치 질서를 모색하고 있는 것이다.

이러한 상황을 놓고 두 가지 상반된 해석이 등장한다. 미·소 간의 핵 교착상태가 양국의 대외 분쟁 개입을 억제하게 된 결과 주변 신생국의 자율적인 움직임이 증대되고 제3세력의 국가들이 두 나라 사이에서 일종의 어부지리를 보고 있다고 주장하는 사람들이 있는가 하면, 핵무기의 효능에 관하여 "하나의 가공할 무기가 사실상 실전에 사용될 수 없다면 그 무기의 위력은 정치적, 심리적 효능을 상실한 것이므로 핵 군비의 국제정치적 효능은 저지 및 현상유지에 한정되며 따라서 핵무기는 현상을 강화하는 구실을 수행한다"고 주장하는 이들도 있다.

최근 핵무기의 경이적 발전과 그 축적의 포화상태에 대한 두려움은 미·소 양국으로 하여금 군비경쟁의 완화를 위한 외교교섭을 시도하게 한 바 있으나 아직 이렇다 할 성과를 내지는 못한 것 같다. 그러나 양국이 국제적인 분쟁의 확대와 분쟁에 대한 개입을 기피하고 국제적 긴장 완화에 주로 관심을 갖게 되었다는 것은 분명 하나의 새로운 경향으로 볼 수 있다. 비록 미·소를 주축으로 한 국제정치의 긴장 완화 노력이 핵무기에 의해 비롯되었다 할지라도 우리는 이러한 국제정치의 새로운 일면이 인류의 평화와 복지에 기여하게 될 긍정적인 면에 결코 인색해서는 안 될 것이다. 인류의 희망은 궁극적으로 평화로운 하나의 세계공동체로 귀결되어야 하기 때문이다. 나는 평화공존이 당초 어떤 의도에서 출발했든 간에 현실적으로는 세계평화에 기여하는 새로운 계기로 발전되어 나갈 것으로 확신한다.

그러나 이러한 긴장 완화의 흐름에도 불구하고 일부 지역은 험난한 현실에서 벗어나지 못하고 있다는 것을 우리는 직시해야 할 것이다. 어느 한 지역의 긴장 완화를 위한 촉진책이 다른 지역에서 또 다른 분쟁을 야기하는 경우가 있는가 하면, 긴장 완화를 위한 강대국의 자제가 국제정치의 다원화 추세를 촉진하여 변두리 지역의 국제적 분규를 유발하는 경우도 있으며, 분쟁의 확대를 원치 않는 강대국들이 이러한 상황을 외면함으로써 지역적 분쟁이 장기화, 만성화되는 경우도 있을 것이다. 평화공존의 진전에 따라 유럽에서는 나토(NATO, 북대서양조약기구)와 바르샤바조약기구(WTO) 사이의 해빙 분위기가 조성되고 그러한 배경 아래 닉슨 대통령의 '협상과 평화의 시대'가 도래하고 있는 것처럼 보이기도 하지만, 동북아에서는 지역적인 긴장상태가 상존할 뿐만 아니라 베트남 등에 대한 미국의 불개입 정책이 사정을 더욱 악화시킬는지도 모른다.

북한과 같은 미치광이 호전 세력에 의해 국제 다원화가 악용되고 있는 것이 동북아 국제정치의 특색이라고 볼 수도 있다. 그것은 유럽 지역과는 대조적인 현상이고 닉슨의 '협상과 평화의 시대'를 외면하는 현실인 것이다.

닉슨 정부가 출범한 이래 베트남전쟁의 처리를 비롯, 미국의 대외정책, 특히 동아시아 정책은 새로운 진로를 모색하며 전개되고 있다. 이른바 '닉슨 독트린(Nixon Doctrine)'은 미국의 신(新) 고립주의적 분위기를 반영한 것이라고 볼 수도 있는데 이는 베트남전쟁과 같은 분쟁, 즉 군사력만 가지고는 결말이 날 수 없는 분쟁에 대한 개입을 회피함으로써 아시아지역에서 개입과 책임을 모면하려는 정책으로 나타나고 있다. 그것은 미국의 직접적 방위전략에 의존하는 지역 안의 나라들에 대해 자주적 행동을 촉구하는 정책이기는 하지만 그러한 정책이 급작스럽게 추진될 경우 그로 인해 야기될 '힘의 진공상태'를 어떻게 메우느냐 하는 문제가 제기된다.

이 문제에 대해 닉슨 독트린은 각 나라들과의 방위조약 상의 의무를 충실히 이행하겠다고 다짐한 바 있다. 다시 말해 아시아에서 베트남전쟁과 같은 분쟁에 지상군을 파견하는 등의 개입은 피하되 어떤 국가가 핵무기로써 특정 국가를 위협한다거나 피해 당사국이 독자적으로는 감당할 수 없는 대량 침공이 발생할 경우에는 조약 규정에 의한 원조를 제공한다는 것이다. 그 논리를 한국에 적용한다면 6·25와 같은 대량 침공이 발생하거나 중공 등이 핵위협을 가해 올 경우 핵 저지를 포함하는 적절한 지원을 하되 여타의 분규, 예컨대 북한의 국지적 도발과 침투, 교란 등에 대해서는 한국이 일차적인 책임을 지고 이에 대응해야 한다는 뜻으로 해석할 수 있을 것이다. 그러한 의미에서 닉슨 독트린은 한국에 대한 방위공약의 재확인인 동시에 한국이 스스로 져야 할 방위책임의 한계를 규정한 것이라고 볼 수 있다.

한편 닉슨 독트린은 아시아 각 나라들의 자주와 자조를 강조하면서 경제원조 등 지원을 다짐하기는 했지만, 이 정책을 자세히 들여다보면 아시아에서의 일본의 역할을 중시하여 세계 제3의 공업국가로 등장한 일본의 정치적, 경제적, 군사적 잠재력에 대한 재평가를 전제한 것이 아닌가 하는 생각이 든다. 미국이 가진 중공에 대한 기본적인 시각은 "중공의 기본 목표는 아시아에서 미국을 몰아내는 데 있고 일본의 핵무장을 조건으로 미국이 일본에서 빠지면 중공은 일본의 핵무기 보유에 이의가 없을 것"이라며 중공의 의도를 명확하게 간파하고 있다. 이어 "세계에 대한 중공의 적의는 다분히 자기방위적인 의미를 내포하는 것이므로 중공을 위협함으로써 중공 내 과격파의 입장을 강화시켜도 안 되고 그렇다고 아시아에서 미국이 철수함으로써 마오쩌둥으로 하여금 인민전쟁전략의 성공을 확신시켜도 안 된다"고 보고 있다. 한마디로 미국의 중공에 대한 이러한 시각은 아시아 자유국가들의 냉정한 각성과 결속을 촉구하기에 충분한 것이라고 하겠다. 미국의 이러한 정책으로 미루어 볼 때 앞으로 아시아지역에 관한 한 허다한 시련과 문제점을 예견해야 할 것 같다.

한국을 둘러싼 극동의 평화는 궁극적으로 침략세력을 견제할 수 있는 집단안전보장체제의 구축에 달려 있다. 우리의 경험이나 유럽의 예를 보아도 공산주의와의 대결은 더 강한 힘의 보유가 그 일차적인 조건이며 동시에 공산주의에 대한 올바른 인식을 가지는 것이 무엇보다 필요하다.

베트남전쟁은 1969년 후반기부터 양상이 달라지기 시작했다. 전쟁 규모의 축소와 철군 조치가 단행되고 닉슨 독트린에 기초하여 미군이 빠진 월맹(북베트남) 진압계획이 진행되고 있다. 지원은 해 줄 테니 월맹은 베트남 정부가 알아서 평정하라는 얘기다. 프랑스 파리에서 미국이 월맹 측과 벌이고 있는 회담은 전혀 진전이 없어 보인다. 그러나 미국은 협상의 진행과 관계없이 이러한 방침에 따라서 모든 문제를 처리해 나갈 심산인 것 같다. 1972년 미국에서 총선거가 실시되기 이전에 미군의 대부분인 약 43만 명을 철수시킬 계획이라고 한다. 미군 철수에 따르는 베트남군의 전투 대체와 평정계획 추진에 있어서 베트남 정부가 얼마만큼 성과를 올릴 수 있느냐, 그리고 베트남 국민이 얼마만큼 합심 단결할 수 있느냐에 따라 베트남의 운명은 결정될 것이다.

베트남전쟁은 미국과 베트남의 문제로만 그칠 수 없으며 그동안의 진행 과정과 성격으로 보아 우리나라를 포함한 전 아시아의 문제요 세계평화의 관건이라 볼 수 있다. 베트남, 라오스, 캄보디아는 각기 독립된 국가지만 공산 측은 캄보디아와 라오스 사태에서 보았듯이 월맹 공산당의 주도 하에 민족의 구분을 무시하고 단일연합전선을 견지하고 있다. 그러므로 어느 한 지역의 분쟁이 타결된다고 해서 끝장이 날 성질의 것이 아니며 궁극적으로는 끈기와 의지의 대결로 승부가 가려질 수밖에 없을 것이다.

한국이 베트남에 파병함으로써 사상 처음으로 외전(外戰)에 개입한 것도 베트남전의 본질을 깊이 인식한 결과이며 이역만리에서 묵묵히 소임을 다하고 있는 5만여 주월(駐越) 한국군의 용전분투는 전화(戰禍)에 시달려 의기소침한 베트남 국민에게 무한한 힘과 격려가 되었을 것이다. 결국 아시아의 자유국가들은 서로 도와 힘을 길러 동남아지역의 대립과 갈등을 헤쳐 나가는 지략으로 생존과 번영의 기회를 포착해야 할 것이다.

3. 통일의 의지

　서울에서 평양 쪽으로 70킬로미터쯤 올라가면 조그마한 촌락이 있다. 이 이름 없는 마을은 1953년 여름부터 갑자기 저 유서 깊은 베를린시와 함께 냉전시대를 대표하는 유명한 마을로 세상에 알려지기 시작했다. 바로 판문점(板門店)이다.

　오늘날 한국을 방문하는 외국인들 중에는 이곳을 하나의 관광지 정도로 여겨 그 이색적인 분위기를 즐기는 경우도 있는 모양이지만 우리 한국인들에게 판문점은 그야말로 단장(斷腸)의 비애가 서려 있고 비통한 민족의 현실이 뼈아프게 새겨져 있는 원한의 지명이다. 국토의 분단, 민족의 분열을 상징하는 판문점, 과연 지상의 그 어디에 이곳보다 더 비통한 이야기를 담고 있는 마을이 또 있겠는가.

　폭 4킬로미터, 길이 250킬로미터의 비무장지대를 중심으로 분단된 한반도에 있어서 판문점은 남과 북이 접촉할 수 있는 유일한 통로다. 그러나 그 통로는 말만 통로일 뿐 실제로는 꽉 막힌 단절의 공간이며 넓은 바다를 사이에 둔 것보다 더 먼 거리감이 느껴지는 곳이다. 같은 언어, 같은 역사, 같은 혈통을 이어 온 동족 사이에 일체의 교통과 통신이 두절되고 친지와 가족들이 서로의 안부조차 모르고 있건만 여전히 이 통로는 막혀 있는 것이다.

돌이켜보면, 판문점이라는 이름은 6·25전쟁의 포화가 멈춘 바로 그날부터 세계의 주목을 끌었다. 전쟁의 끝 무렵 휴전협정의 장소로 선정되고 한국문제의 평화적 해결을 모색하는 대화의 광장으로 등장하면서 판문점은 세계의 이목과 관심을 모으기 시작했던 것이다.

당시 자유세계의 지도자들 중에는 한반도에서 전쟁의 위험이 사라지고 평화적인 통일의 계기가 마련되었다고 말하는 사람이 적지 않았다. 그러나 당시 우리 한국민들은 너나 할 것 없이 통일의 염원이 무참히 짓밟히는 크나큰 충격을 받았다. 또한 휴전은 제2차 세계대전 후 광복의 환희를 누릴 겨를도 없이 얄타체제 아래 강요된 국토분단이 끝내 냉전체제 속에서 영원히 동결되는 것은 아닌가 의구심마저 불러일으켰다. 이러한 우리의 충격은 유엔군이 총회의 결의에 의해 '침략자'로 규정된 북한군과 중공군을 응징하지 못한 채 한국의 완강한 반대를 무릅쓰고 그들과 휴전협정을 체결하고 말았기 때문에 더욱 클 수밖에 없었다. 불행히도 우리 국민의 이러한 예측은 적중하고 말았다. 그리고 통일에 대한 국민의 열망이 절실해지는 것과 비례하여 분단의 상처는 더욱 더 만성화되어 가고 있는 중이다.

물론 그동안에도 국제적으로나 국내적으로 이 비극적인 국토분단을 종식시키기 위한 노력이 없었던 것은 아니다. 1953년 7월 27일 판문점에서 휴전이 성립된 후 한국 통일 문제는 1954년 4월 26일 제네바로 무대를 옮긴다. 이 회담에는 앞서 1953년 8월 28일 제8차 유엔총회가 한국 휴전협정 체결을 승인하고 동 협정 제60항에 의거, 정치회담 개최를 채택한 데 따라 한국 및 16개 유엔 참전국과 소련, 중공 및 북한 대표가 참석했다. 회담에 임하는 연합국 대표들은 한국문제의 합리적인 해결을 위해 다음과 같은 원칙을 제시했다.

> 첫째, 한국 통일 문제에 대한 유엔의 권한과 자격을 인정해야 하며 유엔이 문제 해결의 주도적 역할을 맡도록 한다.
> 둘째, 남북한 인구비례 대표에 의한 자유 총선거를 실시한다.
> 셋째, 유엔군은 통일된 민주한국의 수립으로 유엔의 사명이 완수될 때까지 한국에 계속 주둔한다.

이러한 기본 원칙은 1947년 이래 유엔이 지지해 온 제 원칙과 일치하는 것이었다. 한국은 참전 16개국의 권고를 감안하여 '유엔 감시 하의 남북한 인구비례 자유 총선거'를 내용으로 하는 통일한국 원칙을 정부 방침으로 확정하고 이를 1954년 5월 22일 14개 조항의 한국 측 제안으로 제시했다. 그러나 북한 대표는 끝끝내 그들이 제시한 3개 항의 통일한국 방안에서 유엔군의 철수와 중립국감시위원단에 의한 선거 감시를 주장했다. 회의는 공전을 거듭했고 마침내 한국전쟁 참전 16개국은 6월 15일에 공동선언을 발표했다. 이 선언은 1953년의 휴전협정 조인 때 워싱턴에서 발표했던 한국 정전(停戰)에 관한 16개 참전국가 대표의 공동정책선언('워싱턴선언')을 보다 구체화한 것이었다. 즉, 워싱턴선언은 휴전협정의 각 조항을 충실히 이행하고 통일, 독립된 민주한국의 수립이라는 원칙에 입각하여 한국문제의 공평한 해결을 달성하기 위한 유엔의 노력을 지지한다는 내용이었는데, 여기에 더해 6·15선언은 통일, 독립된 민주한국의 수립을 위해 유엔 감시 하의 진정한 자유선거를 실시하며 남·북한의 인구에 비례하여 국회의원을 선출한다는 것을 골자로 하고 있는 것이다.

휴전을 계기로 다시 활발해진 듯 보였던 통일 논의는 북한의 김일성과 공산 측의 방해로 결실을 보지 못한 채 결국 제자리로 돌아가 다시 유엔의 몫이 되고 말았다.

한국문제 해결을 위한 국제적인 노력이 처음으로 유엔에 이관된 것은 1945년 12월 27일의 '모스크바 3상회의'(미국, 영국, 소련)의 결정에 따라 개최된 '미·소공동위원회'가 1947년 5월에 결렬된 데 이어 '한국 독립에 관한 문제'가 제2차 유엔총회의 의제로 채택된 때부터라고 할 수 있다. 결국 한국문제는 모스크바협정, 미·소공위, 유엔, 판문점, 베를린 4개국 외상회담(미국, 영국, 프랑스, 소련), 제네바 정치회담을 한 바퀴 돌아 다시 1954년 유엔으로 되돌아간 셈이다.

우리는 한국문제 해결을 위한 유엔의 노력을 높이 평가한다. 유엔은 1948년 12월 12일의 제3차 총회에서 대한민국 정부가 한반도에서의 유일한 합법정부임을 선언했다. 1950년 6월 25일 북한이 한국에 대해 기습남침을 감행하자 유엔은 사상 최초로 침략자에 대한 군사적 제재를 가하고 집단안전보장 조처를 취했다. 그리고 같은 해 10

월 7일에는 무력에 의한 유엔군의 북한 진주를 승인하는 동시에 한국의 통일부흥 임무 지원을 위해 언커크를 조직하여 파견하고, 전쟁 피해 복구를 돕기 위한 특수기관으로서 '운크라(UNKRA: United Nations Korean Reconstruction Agency, 유엔 한국재건단)'를 설치했다. 이러한 유엔의 노력은 비록 북한과 중공의 훼방으로 결실을 맺지 못하였으나 통일을 위한 이들의 노력에 우리 국민들은 일말의 아쉬움은 있지만 기본적으로는 감사의 마음을 가지고 있다.

그러나 그 이후 유엔에서의 한국 통일에 관한 접근은 제자리걸음 상태에 빠지고 만 느낌이다. 1955년 12월 8일 자유중국(대만)이 유엔 안전보장이사회에 제출한 뒤 몇 차례 시도된 '한국의 유엔 가입 촉진에 관한 결의안'은 그때마다 소련의 거부권 행사로 좌절된다.

그런데 해마다 대한민국 정부 대표만이 초청되었던 유엔에 기상 변화가 일어났다. 중공 의석 문제(침략자로 규정됐던 중공의 유엔 가입)에 대한 표결에서 가입에 찬성하는 나라들이 증가하는 경향이 나타난 것이다. 한국 통일 문제는 미국을 위시한 서방 제국이 유엔에서 절대다수를 장악하고 있던 1959년까지 아무런 난관 없이 그 기본 입장을 유지할 수 있었다. 그러나 아시아·아프리카 신생독립국들이 이른바 '비동맹국'의 중립 노선을 취하며 대거 유엔에 가입한 1960년을 분기점으로 하여 유엔의 세력 판도는 새로운 양상을 띠게 된다. 그 결과 유엔에서의 한국문제는 많은 시련을 겪게 되는데 가령 제15차 유엔총회 때부터 한국통일결의안에 대한 찬성 득표율이 회원국 증가와 반비례하며 현저하게 감소한 것이다. 그리고 '유엔의 권위를 수락'하는 조건으로 북한 대표를 유엔에 초청하자는 스티븐슨 미국 대표의 수정안이 제기되는 시기부터는 핵심 의제인 한국 통일 문제 외에도 북한 대표 초청을 둘러싼 절차 문제가 중요한 문제로 등장하게 된다.

그뿐이 아니었다. 인도네시아 대표는 제16차 유엔총회에서 "한국 문제 해결의 새로운 접근책으로서 제네바와 같은 중립 지점에서 유엔 주최 하에 관계국 국제회의를 하자"고 발언한 데 이어 제18차 총회에서는 "한국 통일 문제는 지금까지의 유엔의 노력에 불구하고 아무런 진전이 없음에 비추어 유엔 밖에서 중립국가 감시 하에 남북한 대표 간의 직접협상을 통하여 해결하자"는 내용의 교착 타개론을 내놓은 것이다. 이 밖에도 제17차 유엔총회 때 "주한 유엔군을 비동맹 중립 제국의 군대로 대체하고 언커크를 남북한 정부가 수락할 수 있도록 개편하자"는 캐나다의 제안과 "한국 통일에 합의를 볼 수 있도록 노력할 특별회의를 소집하자"는 이라크의 제의, 그리고 "현재까지의 방안으로는 한국문제 해결이 불가능함에 비추어 총회가 새로운 해결책을 인정해야 한다"는 튀니지와 실론(스리랑카)의 발언 등 미묘한 움직임이 서서히 표면화되기 시작했다. 이러한 일부 친공(親共), 중립 국가들의 움직임은 1967년에 들어서면서부터 더욱 활발해진 북한의 아시아·아프리카 중립국 침투공작에 의해 제22차 총회에서는 한층 더 뚜렷해진다. 이들은 공산 측과 함께 남북한 대표 동시 초청안과 유엔군 철수안, 언커크 해체안의 공동제안국이 되었으며 관계국가 회의 소집과 한국문제 삭제안 제출에 앞장섰다.

이와는 대조적으로 일부 자유 우방국가, 특히 유엔 참전국들 사이에 한국문제를 등한시하는 경향이 보이기 시작했다. 즉, 호주, 캐나다, 뉴질랜드 등 영연방 국가들의 한국문제 자동상정 재고 권유, 1966년 8월 11일 칠레의 언커크 탈퇴 통고, 같은 언커크 회원국인 파키스탄의 탈퇴 의사 표시 그리고 6·25 참전국들 중 일부 국가의 유엔 통일한국결의안 공동제안국 이탈 현상 등이 바로 그것이다. 참전국 중 프랑스와 그리스는 제20차 총회 때, 그리고 터키는 제21차 총회 때 발을 뺐으며, 캐나다도 탈퇴 의사를 표시하기에 이르렀다. 국제정치의 냉혹함을 보여 주는 실감 나는 사례가 아닐 수 없다.

한국은 독립하던 그날부터 유엔의 협조를 받아 온 이래 줄곧 유엔과 끊을 수 없는 인연을 맺어 왔다. 우리가 국토를 통일함에 있어 유엔에 일차적인 기대를 걸었던 것 역시 이러한 인연에 기인한 것이다. 그렇다고 우리에게 민족통일을 위한 자주적인 노력이 없었던 것은 아니다. 그 노력이 수많은 난관과 장애에 부딪쳐 지금까지 이렇다 할 진전을 보지 못하고 있는 것뿐, 오히려 우리는 지난 사반세기 동안 꾸준히 통일을 위한 자주적이며 평화적인 노력을 기울여 왔다.

우리의 노력을 가로막는 가장 큰 장애가 반도의 북반에 도사리고 있는 김일성 민족반역집단이다. 그들은 1953년 7월 27일 성립된 휴전협정을 위반하고 지난 20년 동안 무려 7,800여 건이 넘는 무력도발을 자행해 왔으며 1967년 봄부터는 숱한 무장공비를 남파하여 "나는 공산당이 싫어요"라고 절규하는 나이 어린 소년까지 무참히 살육하는 천인공노할 만행을 자행했다. 참으로 역사의 준엄한 심판을 피할 수 없는 전범자들인 것이다.

그러나 무엇보다 가증스러운 것은 삼척동자도 속아 넘어가지 않을 그 만행의 책임을 우리 한국과 자유세계에 전가하려는 뻔뻔한 수작을 되풀이하고 있다는 사실이다. 그들은 유엔에 의해 '침략자'로 낙인 찍혀 세계의 지탄을 받고 있음에도 불구하고 6·25전쟁을 우리 한국이 도발한 것이라고 생트집을 잡고 있다. 그들은 우리의 휴전선을 침범하여 유엔군을 살상하고도 오히려 유엔군이 도발했다며 황당무계한 소리를 하고 있으며, 무장공비를 남파하여 파괴와 살인과 방화를 일삼으면서도 그것을 한국에 있어서의 민중봉기라고 주장하는 등 새빨간 거짓말을 하고 있는 것이다. 그럼에도 불구하고 김일성과 그 일당은 지난 20여 년 동안 온갖 범법행위를 자행하면서도 그러한 만행의 전후에는 반드시 가면을 쓰고 이른바 평화선전을 되풀이하고 있다. 그때그때 상황에 맞춰 평화통일이니 남북협상이니 연방제니 남북교류니 심지어는 대한(對韓) 지원이니 하는 따위의 그럴싸한 말들을 주문처럼 외고 있는 것이다.

김일성과 그 일당들은 대한민국 수립 직후 미·소 양군의 철수로 한국에 '힘의 진공상태'가 조성된 틈을 타 소련 원조 하에 군비 증강에 광분하면서 이를 은폐하기 위해 최초의 평화통일 공세를 전개했다. 즉, 1949년 6월 25일 평양에서 소위 남북한 71개 정당, 사회단체가 참석한 가운데 결성되었다는 '조국통일민주주의전선'은 동년 6월 28일

1. 조선인민 자신에 의한 통일사업의 추진,
2. 미군 및 유엔 한국위원단의 즉시 철퇴,
3. 입법기관 구성을 위한 남북조선 총선거 실시,
4. 총선거에 의하여 수립된 입법기관이 조선공화국 헌법을 채택하여 정부 구성,
5. 통일정부에 의한 남북조선 군대의 통합

등을 내용으로 하는 통일 방안을 내놓은 것이다. 그러나 김일성과 그 일당들은 채 1년도 못 되어 전쟁을 도발하였으니 앞에 늘어놓은 평화공세는 향후 그들이 저지를 전범행위를 은폐하고 그 책임을 전가해 보려는 적반하장의 흉계임이 드러나고 말았다.

1953년 휴전이 성립된 후 주로 중립국 감시 하의 남북한 총선거 통일을 주장해 오던 김일성은 1960년대에는 느닷없이 이른바 자주적 평화통일 선전공세를 들고 나온다. 이때 김일성이 제시한 것이 이른바 '3단계 통일방안'이다. 제1단계로서, 주한 미군의 철수와 남북한 무력불가침 및 평화협정의 체결, 그리고 쌍방 군대를 10만 명 이내로 감축하고 남북한의 경제·문화 교류를 개시하자는 것이고, 제2단계로

서 남북한의 정치·사회제도를 그대로 유지한 채 연방을 형성하고 쌍방 정부의 대표자로 '최고민족위원회'를 구성하자는 것이며, 제3단계로서 일체의 외세 간섭 없이 자주적으로 남북한 총선거를 실시하여 통일 중앙정부를 수립하자는 것이다. 그러나 이는 급격히 변화하는 국제정세와 4·19 이후 고개를 쳐든 한국에서의 통일 논의에 편승, 감상적 통일론을 유발함으로써 대남 교란 공작을 촉진하고 국제 여론의 오도를 노리는 김일성과 그 일당들의 간사한 술책에서 나온 것이란 점을 잊어서는 안 된다.

김일성과 그 일당들의 이러한 평화공세가 처음부터 위장과 기만이었다는 확실한 증거는 1960년대 후반에 이르러 한국의 발전상이 두드러지고 우리의 승공 체제가 그 어느 때보다도 강화되자 또 다시 태도를 바꾸어 혁명통일로 그들의 본색을 그들 스스로 폭로하고 있는 사실에서 찾을 수 있을 것이다. 1968년 1월 21일 일단의 무장공비를 서울에 남파한 이후부터 김일성은 드디어 협상을 말하던 회색 야누스의 가면을 벗어던지고 무력 적화통일의 마각을 드러내고 만 것이다. 이 허위와 기만에 찬 김일성의 거짓말을 곧이곧대로 믿는 사람이 이 지구상에 과연 몇 명이나 있겠는가.

무릇 오늘날의 공산주의 정치체제가 인권의 유린과 무자비한 통제에 의한 전제주의적 일당독재라는 것은 주지의 사실이다. 그중에서도 북한의 김일성 체제는 같은 공산권 내에서조차 빈축을 살 정도로 전형적인 극좌모험주의와 개인 신격화가 판을 치는 캄캄한 폐쇄

사회다. 오늘날 한반도 북쪽은 전쟁 준비에 광분하는 하나의 거대한 병영으로 변했고 지난 10여 년 동안 김일성과 그 일당들은 소위 전 국토의 요새화, 전 인민의 무장화, 당 간부의 군대화, 전군의 간부화를 완료하고 1970년대 초가 무력 적화통일의 결정적 시기라 공언하며 남침의 기회를 노리고 있다. 우리는 지금 역사와 민족, 천륜과 양심을 저버린 흉악한 무력도발 집단과 대치하며 통일문제를 다루어야 하는 어려운 상황에 처해 있는 것이다. 여기에 우리 민족의 염원인 조국통일의 난관이 있다.

그러나 통일이 아무리 절실한 염원이자 국가의 지상목표라 할지라도 동족상잔의 피비린내 나는 전쟁만은 피해야 한다는 것이 우리의 신념이다. 그리고 통일의 길이 아무리 험난하다 하더라도 초조나 체념을 경계하면서 꾸준한 인내를 발휘, 평화적으로 해결해야 한다는 것이 우리의 기본 입장이다. 대한민국은 전쟁이라는 수단을 빌려 남북통일을 성취할 의도가 추호도 없다.

그러나 우리가 원하든 원치 않든 만약에 김일성 전범집단이 끝내 무력 적화통일의 야욕을 버리지 못하고 또다시 6·25와 같은 전면전쟁을 도발해 왔을 때 우리는 어떻게 할 것인가. 여기에 대한 우리의 결심은 확고하다. 우리는 모든 것을 희생하는 한이 있더라도 일보의 후퇴도 하지 않을 것이다. 군과 민, 전방과 후방의 구별 없이 전 국민이 한 덩어리가 되어 최후의 결단을 짓겠다는 각오로 최후의 일각, 최후의 일인까지 싸워 통일의 계기를 마련할 것이다.

물론 우리는 이러한 사태가 일어나지 않기를 바란다. 나는 한국의 평화통일을 달성하기 위해서는 무엇보다도 먼저 남북한의 긴장상태 완화가 선행되어야 한다고 믿고 있다. 그것은 김일성과 그 일당들이 케케묵은 폭력혁명 이론과 전술에 사로잡혀 지금과 같은 침략과 도발행위를 계속하는 한 평화적인 통일에의 접근은 불가능하기 때문이다. 민주적인 방법으로 통일을 이루려면 세계 여론과 인도주의적 양심을 대변하는 유엔의 보장과 감시 하에 민주적 총선거 형식을 밟아야 한다. 그 전제조건은 다음과 같다.

　지금이라도 김일성 집단이 모든 도발행위를 즉각 중지하고 무력에 의한 적화통일이나 폭력혁명에 의한 대한민국의 전복을 기도하는 종전의 태도를 완전히 포기하는 것을 내외에 공언해야 한다. 그리고 이를 실천하고 있다는 것을 우리가 확실히 인정할 수 있고 또 유엔에 의해서도 명백하게 인정될 경우 우리는 인도주의에 부합하고 평화통일의 기반 조성에 도움이 된다고 판단되는 획기적이고도 현실적인 조치를 취할 용의가 있다. 한편 북한이 한국의 민주 통일 독립과 평화를 위한 유엔의 노력을 인정하고 유엔의 권위를 받아들인다면, 유엔에서의 한국문제 토의에 북한이 참석하는 것도 굳이 반대하지 않을 것이다.

　그러나 북한은 이 두 가지 선행조건을 전면적으로 거부하고 나왔다. 대한민국의 평화적인 통일 노력에 대해 악의에 찬 욕설과 비방 그리고 무력도발을 위장하는 평화공세를 더욱 더 강화하고 있는 것이다. 나는 김일성 일당이 이처럼 무모한 행동으로 나오는 데는 몇 가지 이유가 있다고 본다.

첫째로 김일성과 그 일당은 전쟁 도발과 무력적 침략을 존립의 기반으로 하는 독재체제 위에 서 있기 때문이다. 즉, 김일성은 체제 안정을 위해 국민의 불평과 불만을 밖으로 돌리고 이를 해소하기 위해 끊임없이 침략도발을 감행해야 하는 처지이며 전쟁과 관련된 위기의식을 끊임없이 부채질함으로써 자체 내의 모순과 부조리를 위장하지 않을 수 없는 상태에 있는 것이다. 멀리 6·25 남침은 더 말할 것도 없고 최근의 푸에블로호 강제납북사건이라든가 미 EC 121 정찰기 사건에서 보는 바와 같이 조작된 만행으로 부단한 위기의식을 조장함으로써 체제 안정 유지에 급급해 하고 있다는 것은 이미 잘 알려진 사실이다.

둘째로 김일성 일당의 성격적 요인을 들 수 있다. 김일성 일당은 그 어느 공산독재들보다도 폭력혁명의 광신도들이며 잔악하고 포악한 숙청과 살인으로 전후 20여 년간 권력을 유지해 온 자들이다. 그들은 피와 살육을 통한 폭력혁명과 교조주의에 마비된 낡은 폭력혁명가들이다. 공산세계에 불고 있는 자유화의 바람이 북한에서는 좌절되고 오히려 더 악랄한 독재체제로의 복귀가 재현되고 있는 것만 보아도 이들의 권력 유지 방법이 얼마나 잔악하고 포악한 것인가는 누구나 쉽게 짐작할 수 있을 것이다.

현재 북한에는 김일성을 견제할 세력이란 존재하지 않는다. 견제

세력이 존재하지 않는 독재집단에는 오직 광기만이 어두운 빛을 뿜을 뿐이다. 그런 의미에서 김일성의 극좌모험주의는 매우 위험한 것이다. 자기 생전에 무력으로라도 통일을 해야 한다는 개인적인 야욕에서 한 걸음 더 나가 이성을 상실한 나머지 오산에 의한 전쟁도발이 없으리라는 아무런 보장이 없는 것이다. 따라서 김일성을 중심으로 한 몇몇 극렬 폭력혁명론자들이 북한에 도사리고 있는 한 한반도의 긴장은 완화되기 힘들며 침략전쟁이 통일에 오용될 가능성은 여전히 상존하는 것이다.

그렇다면 통일의 기회는 아주 먼 장래에 속한 일일까. 나는 그렇게 비관적으로 생각하지는 않는다. 우리는 반드시 통일의 시기가 앞당겨질 돌파구가 생기리라고 믿고 있다. 북한에 있어서도 필연적으로 닥쳐올 자유화의 물결이 바로 그것이다. 공산진영에 있어서의 자유화의 물결은 그 어떤 독재자 개인의 아집과 횡포로써 막기에는 너무나 큰 역사의 조류라고 나는 판단하고 있다. 이런 흐름 끝에 김일성 1인체제가 동요하게 되는 날에는 그가 굳혀 놓은 전쟁 준비 체제는 필연적으로 흔들릴 것이다. 그렇게 되면 아무리 호전적이며 광신적인 김일성 집단이라고 하더라도 무력침공이나 적화통일의 망상을 근본적으로 수정하지 않을 수 없을 것이고 평화적인 통일의 길을 택하지 않을 수 없게 될 것이다. 한국의 평화적, 민주적 통일이 본격적으로 논의되고 단계적으로 실천에 옮겨질 수 있는 시기가 바로 이때다. 그런 의미에서 통일의 관건은 바로 북한의 자유화가 얼마나 앞당겨지고 얼마나 현 체제가 바뀔 수 있는가에 달려 있다고 할 수 있겠다. 우리는 그 시기를 기다리고 있다.

그렇다고 해서 안일하게 현상유지에만 급급하겠다는 것은 결코 아니다. 우리의 자유와 번영을 계속 확대하여 민주주의가 공산독재보다 잘살 수 있다는 것을 보여 주는 경쟁에서 승리를 거둠으로써 김일성과 그 일당의 반성을 촉구해 나갈 것이다. 그러나 우리는 김일성 체제의 붕괴를 촉진시키기 위해 동족상잔 같은 패륜의 방법은 결코 쓰지 않을 것이다. 다만 양심과 의연한 자세로 평화통일의 이념을 관철시키기 위해 성의 있게 노력할 것이다.

나는 공산주의자들의 무력과 폭력에 의한 통일 방안이 반드시 실패할 것을 확신한다. 동족상잔을 벌여서라도 정치적 목적을 달성하려는 것은 전통적 동양사상에 전면적으로 배치되는 부도덕과 패륜이기 때문이다. 자고로 동양에서는 정치의 핵심을 '인(仁)'으로 본다. '인'은 자비와 포용을 담고 있는 것으로 무력과 폭력에 대한 철저한 배격 사상이다. 지금도 한국민에게는 뿌리 깊은 이 '인'의 사상이 그들의 사고와 행동에 내면화되어 있으며 이는 지도자에게도 반드시 요청되는 이념인 것이다. 나는 지금이라도 김일성 일당이 스스로 동양적 전통과 민족적 양심을 되찾는다면 한반도의 긴장과 먹구름은 서서히 걷힐 거라는 일말의 기대를 걸어 본다. 김일성 일당이 참으로 조국의 평화통일을 위한다면 마땅히 그래야 할 것이다.

통일로 가는 앞길에는 많은 시련이 예상된다. 그러나 우리 민족의 전통적인 강인한 생명력은 다가올 시련을 이겨 낼 희망과 자신과 용기를 불러일으켜 줄 것이다. 통일은 오늘에 사는 우리 세대가 기필코 완수해야 할 역사적 사명이다. 우리는 영광된 통일조국을 우리의 후손들에게 반드시 물려주어야 한다. 뜻이 있는 곳에는 길이 있는 법이다. 통일의 의지가 빛나는 곳에 통일의 길은 반드시 열리고야 말 것이다. 희망과 자신을 가지고 인내와 용기를 발휘하여 험준한 준령을 헤치고 전진해야 한다. 반드시 통일의 새날은 밝아 올 것이다.

제6장

중단 없는 전진

1. 끈질긴 도전

  우리는 지금 민족중흥의 역사적 시대를 맞고 있다. 불행했던 과거를 청산하고 그릇된 길로 접어들었던 역사를 다시 바로잡으며 새로운 결단과 각오로 민족의 중흥을 이룩해 나가야 하는 전진과 개혁의 시대에 참여하고 있는 것이다. 고난의 체험이 절절했던 것만큼 새롭게 움트는 우리의 이상도 절실하고, 방황과 고뇌가 깊고 아팠던 만큼 건설과 도약을 위한 우리의 의지와 집념도 깊고 뜨겁다.

  우리의 이상과 목표는 뚜렷하다. 정치적으로 완전한 자주적 주권 국가를 확립하고 경제적으로는 국민의 품위 있는 생활을 보장하는 번영 사회를 이룩하는 것이다. 또한 우수한 민족문화를 더욱 발전시켜 국민 모두가 긍지를 느끼고, 분단된 국토를 통일하여 자유를 빼앗긴 동포들에게 자유를 찾아 주는 것, 바로 이런 것들이 우리가 달성해야 할 확고한 이상인 것이다. 이러한 우리의 이상은 우리 민족의 마음속에 꾸준히 이어져 왔다. 우리의 이상은 갖은 속박 속에서도 질식하지 않고 꿋꿋하게 그 명맥을 이어 왔으며 치욕스러운 시련 속에서도 끝내 꺾이지 않고 묵묵히 오늘의 이 시간을 위해 전진해 왔다.

  이러한 민족의 엄청난 에너지가 새로운 창조의 원천으로 등장하기 시작한 것이 바로 1960년대였다. 의식 밑바닥에 가라앉아 있던 우리 민족의 이상이 새로운 자각으로 굳어져 드디어 현실의 표면으로 떠올랐고 이 단단해진 이상이 1970년대를 향해 전진을 계속하고 있는 것이다. 자주성을 획득하고 경제적 자립과 국민복지를 실현하며 민족문화의 창달을 꾀하고 민족통일을 완수하려는 우리의 역사적 대과업은 국민의 자발적인 참여와 정부의 효율적인 지도에 의해 이미 전진의 궤도 위에 올라섰다. 이제 남은 것은 이러한 우리의 민족적 이상을 어떻게 하면 우리 스스로의 힘으로 빨리 그리고 완벽하게 실현할 수 있는가 하는 것뿐이다. 이 과업의 성공적 수행을 위해서는 무엇보다 먼저 우리의 전진을 가로막고 우리의 의지를 꺾으려는 저해 요인을 신속하게 파악해야 하며 이 부정적 요인을 민족의 역량으로 극복할 수 있도록 온 국민의 힘과 지혜를 모아 노력의 광장으로 인도할 수 있는 합리적이고 설득력 있는 대책을 마련해야 한다.

이상을 바라보고 전진하는 일은 고되다. 앞길에는 언제나 어려움이 기다리고 있으며 수많은 시련과 고난이 웅덩이처럼 도사리고 있다. 그중 어떤 것은 미리 짐작할 수 있는 것들이지만 또 어떤 것은 전혀 예기치 못한 가운데 불시에 닥쳐오기도 한다. 이것들을 피하면서 앞으로 나아갈 수는 없다. 그 하나하나에 침착하게 대처하며 과단성 있게 해결하는 극복의 전진만이 있을 뿐이다.

우리의 경제건설에 있어서도 시급히 해결해야 할 여러 난제들이 있다. 오늘날의 세계경제는 그 어느 때보다도 격동적으로 돌아가고 있다. 우리의 고도성장에 따른, 개방경제로의 이행과 경제활동의 국제화 추세는 이러한 세계경제와의 밀착을 불가피하게 하고 있으며 이에 따라 성장의 속도, 개발의 성격과 방향 등에 커다란 영향을 주고 있다.

한편 베트남전의 축소에 따른 미국의 경기 불안과 디플레 정책, 선진 제국의 과도한 보호주의 확대와 개발도상국들 사이의 경쟁적인 공업화정책 추구, 그리고 세계무역의 블록화 경향과 국제금융시장의 불안정성 등은 우리 경제의 앞길을 가로막고 있는 크나큰 도전들이다.

이러한 밖으로부터의 도전에 효과적으로 대처해 나가기 위한 방안으로 우리는 다음의 몇 가지 과업을 보다 적극적으로 추진해 나가고자 한다.

1. 이웃 나라들과의 경제협력을 강화하여 궁극적으로는 개발계획을 조정하고 공동시장의 형성을 실현하고,
2. 주요 원료 생산국과 합작투자 형식의 공동개발 방식을 추구하며,
3. 기업의 국제경쟁력 강화를 위해 규모의 대형화, 기술혁신, 노동생산성의 향상을 기하는 것이다.

한편, 대내적인 관점에서 본다면 첫째로 국제수지의 심각성을 지적할 수 있다. 이는 소득수준의 상승과 도시화에 따라 소비수요가 급격히 증대하고 공업화와 수출 드라이브 정책에 따라 기초원료 및 중

간재 수입의 수요가 팽창하여 무역수지 면에 중대한 압박요인으로 나타나는 데 따른 현상들이다. 우리가 외국으로부터 조달한 자본을 상환해야 할 사정에 비추어 볼 때 이런 현상은 경제자립의 속도를 둔화시키는 요인이 될 것이 분명하므로 시급히 해결해야 할 과제이다.

둘째로 한정된 자원과 능력으로써 고도성장을 이룩하고 전략 부문을 집중적으로 육성 개발하고자 노력한 결과 우리 경제에 바람직하지 못한 불균형이 초래되었던 사실을 솔직히 시인하고자 한다. 이러한 불균형은 도시화와 공업화 과정의 급격한 진전으로 생긴 도시 부문과 농촌 부문과의 소득수준 및 발전단계 상의 격차, 대기업과 중소기업, 그리고 고소득층과 저소득층 사이의 불균형한 소득 등의 형태로 나타나고 있다. 경제적 불균형은 긴 안목으로 볼 때 새로운 균형을 이루기 위한 과정이며 발전 과정에서 피치 못할 일시적 진통이자 시련이라고 볼 수 있다. 우리들은 이미 지난 몇 해 동안 이러한 이중구조를 제거하고 근대화된 동질적 경제구조를 마련하기 위해 조세제도의 개혁, 농어민 소득증대사업의 전개, 공업시설의 지방 분산 촉진, 지역개발사업의 확대, 중소기업의 육성 등 광범위한 정책수단을 동원한 바 있으며 앞으로도 계속 주력해 나아가야 할 과업으로 생각한다.

셋째로 우리 정부는 1960년대 내내 전력, 도로, 항만, 수송시설 등 사회간접자본의 확충에 막대한 자본과 노동력을 투입하여 상당한 기반을 구축하기는 하였으나 제한된 자원과 자금 때문에 전체적인 성장에 걸맞은 균형된 발전은 여전히 이루어지지 못한 것이 사실이다. 이는 기어이 산업생산, 수출 및 투자 성장률의 가속화에 대한 커다란 제약 요인으로 등장하기에 이르렀다. 우리는 다가오는 제3차 5개년 계획 기간중에 이러한 사회간접자본의 부족에서 오는 애로사항을 제거하고 고도성장과 경제자립의 기반을 구축하는 데 몇 배의 노력을 기울일 예정이다.

넷째로 민간기업의 경영기반이 취약하다는 점이다. 지금 선·후진국을 막론하고 경제성장과 발전의 이니셔티브는 민간기업의 창의적인 혁신에서 찾아야 하며 정부는 이들이 활동할 수 있는 여건을 마련해 주고 공정한 경제질서를 보장하는 등 일부 특수 분야에만 전략적으로 개입하는 것이 효과적이라는 것은 잘 알려진 사실이다. 서독, 일본 등의 급격한 경제성장의 경험이나 동유럽 여러 국가들에서의 경제원리의 도입 등은 그 좋은 실례다. 우리 경제는 개발 초기에는 정부주도형의 성장책을 추구하여 왔으나 1960년대 중반 이래 자유화정책을 계기로 민간주도형으로의 대폭적 전환을 시도한 바 있다. 그러나 이러한 정책당국의 의도에도 불구하고 민간기업은 근대적 의미의 기업으로서 기능과 구실을 다하지 못하고 있어 효과적인 경제발전에 하나의 숙제가 되고 있다. 이러한 민간기업의 취약성은 국내시장 부족으로 인한 규모의 영세성과 비효율성, 허약한 재무구조, 회사의 가족적 소유관계, 창의적인 기업가의식의 부족 등에서 기인한다. 경제발전의 요체는 바로 이러한 민간기업 부문으로 하여금 경제발전의 주역을 담당하게끔 계몽, 선도, 육성하는 데에서 찾을 수 있는 것임을 생각할 때 기업 체질의 개선 강화를 위한 강력한 운동의 자발적 전개가 요망된다.

이 밖에 우리 경제의 성장에 따라 필연적으로 나타나게 될 과제로서는 공업화의 급진전에 따른 노동력 수요 급증과 임금 및 물가의 지속적 상승, 막대한 국방비 부담과 경제개발이란 선택적인 목표를 동시적으로 달성하기 위한 국방 연관 산업의 육성, 진정한 경제자립을 위한 결정적인 계기가 될 농업구조의 개혁과 농업혁명의 추진, 공정하고 효율적인 경제질서의 확립, 기술혁신의 수행, 도시 과밀화와 공해 문제, 주택문제 등 수많은 난제들이 있을 것이다.

이러한 내외적인 도전은 우리에게 새로운 투지와 용기를 불러일으켜 주는 것들이다. 우리는 지난 10년 동안의 귀중한 경험을 살려 앞으로의 10년 동안 자립경제로의 완전한 전환을 위한 지속적인 성장 속에서 최저생활의 보장, 생활환경의 정비, 노동조건의 개선, 보다 공평한 소득분배 등을 주축으로 하는 복지사회의 개발을 향하여 더욱 굳센 의지와 의욕을 가지고 전진해 나가고자 한다.

이러한 민족적 이상을 실현해 가는 과정에서 우리가 당면할 무엇보다도 큰 도전은 북한공산집단으로부터 오리라고 생각한다. 우리의 경제가 더욱 건실하게 성장하고 국민이 자유사회의 일원임을 자랑스럽게 여기며 합심하여 민족문화를 선양하고 자신과 긍지로 민족통일을 소망할수록 북한공산집단은 더욱 초조와 불안을 느낀 끝에 불필요한 긴장을 유발하려 들 것이다. 우리는 북한의 무모한 도전을 신속하고 철저하게 분쇄함으로써 그들의 시도가 애초부터 가당치도 않았다는 것을 스스로 깨닫도록 해야 한다는 것은 이미 앞서 강조한 바 있다. 경제력과 국민의 단결을 국력의 중심으로 삼아 북한이 침략적인 야욕을 스스로 포기하고 최소한의 민족적 양심을 되찾을 때까지 우리는 북한의 도전에 대항할 수 있는 힘과 기동력을 항상 비축하고 전진적 자세를 계속 간직해 나갈 것이다.

한편 국제관계의 냉혹한 현실에서 볼 때 우리에게 불어닥칠 도전은 비단 공산집단에만 있는 것이 아니라 오늘의 우방 안에도 있을 수 있다는 것을 나는 잘 알고 있다. 국가와 국가 사이에는 항상 경쟁의 논리가 작동하고 이해의 대립이 있기 때문에 경제적으로 자립하고 정치적으로 자주성을 획득하며 적극적으로 민족통일의 이상을 향해 전진해 갈수록 이해관계의 상충에서 오는 외세의 간섭이 우리에게 몰아쳐 올 가능성은 얼마든지 있는 것이다.

우리는 언제든지 발생 가능한 외세의 도전을 국민과 더불어 단호하게 물리칠 수 있는 마음의 준비가 되어 있다. 신의와 존중으로 맺어지는 국가관계가 아닌 경제적 예속과 정치적 구속과 사상적인 획일화를 요구하는 부조리하고 모순된 관계를 결연히 거부해 나갈 것이다.

이와 함께 우리의 전진에 대한 도전은 또한 우리 자체 내에서도 올 수 있다는 것에 주목해야 한다. 우리가 이상을 실현해 가는 과정은 급속한 변동과 개혁을 수반하기 때문에 민족 공동의 이상에 대한 분별 있는 판단과 이성적인 대화의 풍토가 전제되지 않는 한 국민의식이 분열될 가능성은 항상 있는 것이다.

나는 선의의 경쟁과 비판은 사회발전에 적극적인 기여를 할 수 있다는 생각에 이를 높이 평가하고 존중해 왔다. 그러나 때로는 자유의 이름으로 비생산적인 혼란이 야기되고 그것이 우리의 전진을 방해할 수도 있다는 점도 아울러 유의해 왔다. 비판의 절도가 허물어지고 공동의 이상이 망각되며 이해의 순위를 판별하는 상식이 퇴색해 버리는 그러한 비생산적이며 맹목적인 분열이야말로 우리가 가장 우려해야 할 사태인 것이다.

나는 우리의 전진을 정면에서 가로막는 국내에서의 분열 가능성은 지혜와 인내와 자제력을 가지고 사전에 방지해야 한다고 믿고 있다. 그러기 위해서는 국민의 자유로운 의사표현의 권리를 존중하고 생산적이고 건설적인 의견에 귀를 기울이며 독단과 독선에 의해서가 아니라 토론과 설득을 통해 중론을 형성해 가는 민주주의의 원리가 구현되어야 한다는 것과, 국민들이 자발적으로 전진의 대열에 능동적으로 참여하고 민족 공동의 목표를 향해 사소한 이기심과 파벌적 성향을 극복해야 한다는 점을 특히 강조하고 싶은 것이다.

2. 주체성의 선양

한동안 우리 민족은 본래의 민족정신을 잃어버린 채 무기력하고 안일한 타성에 젖어 자포자기한 상태에 빠져 있었던 것이 사실이다. 그러나 이제는 생동하는 젊고 싱싱한 정열을 되찾게 되었고 다시 미래에 대한 신념을 가지게 되었으며 마음속에서는 스스로 개발해 가려는 의욕이 쑥쑥 자라고 있다. 이러한 괄목할 만한 변화는 정부의 강력한 정책개발과 효율적인 행정활동에 발맞추어 국민 개개인이 자기에게 비장된 능력을 새롭게 발견하고 정부 시책에 적극적으로 협력해 주는 바람직한 형태로 나타났다.

우리 주위의 어디를 보더라도 이러한 기운은 역력하다. 정부는 정부대로 국민의 요구를 받아들이고 국민을 위한 정책을 집행하는 데 온갖 성의를 다하고 있으며 행정과 경영을 담당하는 사람들의 합리적이고 창의적인 능력도 현저히 향상되고 있다. 근대화 작업이 실현됨에 따라 속속 들어앉기 시작한 새로운 공업단지는 비단 새로운 산업도시와 새로운 공업제품만을 만들어 내는 것이 아니다. 그것을 기반으로 긍지와 신념에 찬 우수한 한국인을 키우고 있으며 우리가 가장 믿음직스럽게 생각하고 있는 교육제도는 유능하고 혁신적인 젊은 지성을 부단히 육성함으로써 발전 의욕과 자긍적 국민윤리의 형성을 선도하고 있다. 농촌에 있어서도 사태는 동일하다. 농민은 오늘날 도시 거주민에 비해 상대적으로 뒤처지고 있는 것이 사실이다. 그들 역시 근대화의 혜택을 입고 있기는 하지만 그럼에도 정부 지도 하의 사회개발사업을 통해 경작방식을 개량하고 좋은 품질의 종자를 선택하는 등 토지생산성과 노동생산성을 높이려는 노력을 꾸준히 전개하고 있다. 또한 부업과 겸업을 통하여 생활수준을 자조적으로 향상시키려는 의욕을 보이고 있다.

우리의 이러한 의욕은 무엇보다도 귀중한 발전의 원천이다. 모든 발전과 변화는 국민 개개인의 참여와 협력이 없이는 불가능하다는 점에서 이러한 국민의식의 변화야말로 아무리 강조해도 지나침이 없는 중요한 의미를 갖는 것이다. 한국인은 이제 스스로 개발의 원리를 터득하고 스스로 발전의 힘을 끌어내며 그것을 행동으로 표현할 수 있는 참으로 획기적인 능력을 가지게 된 것이다. 우리는 지금 경제적 자립을 눈앞에 두고 있으며 복지사회의 문턱을 넘어서고 있다.

그러나 우리는 결코 오늘에 만족하지 않는다. 국가의 부(富)가 중진국 수준을 넘어서고 경제적 혜택이 국민대중에게 고르게 분배되며 든든한 생활기반이 확립되는 날이 오면 한 걸음 더 나아가 우리보다 낙후된 미개발국가들을 적극적으로 도울 용의마저 있다. 안으로 경제적 자립을 통한 민족의 번영을 이룩하고 나아가 밖으로는 인류공영과 세계평화에 공헌하는 일이야말로 우리의 이상이 디디고 서야 할 바탕이라고 믿기 때문이다.

그러나 인류의 이상, 바꾸어 말한다면 우리가 심혈을 기울여 얻고자 하는 소망스러운 미래상이란 좀더 윤택한 경제생활을 하자는 경제적 욕구 충족에 그치는 것은 결코 아닐 것이다. 아무리 윤택한 생활을 누린다 하더라도 그것이 예속적인 것이라면 오히려 가난하면서도 자주적인 길을 우리는 주저 없이 택할 것이다. 경제적 자립은 결국 자주적으로 우리의 문제를 결정하고 주체적인 문화생활을 향유하고자 하는 자주의식의 발로이며 주체성에 대한 갈망인 것이다.

나는 졸저 『국가와 혁명과 나』(1963)에서 우리가 할 일은 "소박하고, 근면하고, 정직하고, 성실한 서민사회가 바탕이 된, 자주독립된 한국의 창건"(292쪽, 평설 244-245쪽)이라고 술회한 바 있다. 다시 말해 우리 민족의 이상은 현대국가의 공동 목표인 자유롭고 평등한 서민사회의 건설이며 평화와 번영에 찬 복지사회의 건설이며 자주적이고 행복한 문화사회의 건설이다. 자주국가의 체통을 지키고 외세의 간섭을 배제하며 공동의 의지로 민족적 이상을 실현해 가는 과업은 우리에게 결단과 인내를 요구한다. 이러한 과정에서 어떠한 위협이 온다 하더라도 우리의 이상을 발전시킬 수 있는 가장 큰 힘은 사회 안에서 움터 자발적으로 일어나는 힘의 결집이다. 우리가 이 힘으로부터 지혜와 용기를 얻고 이 힘에 뿌리를 박고 노력하는 한 우리의 이상은 실현되고야 말 것이다.

우리의 이상은 경제와 사회의 개혁에서부터 시작하여 자주성을 회복하고 국민 각자의 자아의 재발견을 통해 완결되는 정신적, 문화적 혁명이다. 그런 의미에서 근대화의 최종 목적은 바로 인간의 근대화에 있다고 볼 수 있겠다.

선진국에서의 근대화에는 경제사회의 개혁에 앞서 모든 정신적 자세의 개혁을 일깨워 주는 지도이념이 있었다. 민족의 에너지가 강력한 지도이념으로 통합, 집결되고 스스로를 자각한 민중의 자기개혁의 역량이 총동원될 때에만 훌륭한 열매를 거둘 수 있었던 것이다. 그러나 우리의 경우는 이 과정이 거꾸로 진행될 수밖에 없었다. 비참하기 이를 데 없는 빈곤을 타파하기 위한 경제개발이 무엇보다도 급선무였기 때문이다. 그렇다고 국민생활의 균형 있는 향상, 윤리적 가치의 앙양, 인간 타락의 구제, 건강한 문화생활 창달의 필요성을 잊은 것은 아니다. 우리의 경제적 토대가 어느 정도 잡히자 나는 이러한 숭고한 목적을 위해 경제의 윤리화 운동을 주창하여 국민 스스로 생활화할 것을 종용하였다. 이것은 복지사회 실현의 정신적 자세를 가다듬고 명랑한 사회생활을 조성하려는 의도에서 시작된 것이다. 근면, 절약, 자력갱생, 상호부조 등의 정신혁명 없이는 복지사회의 제도적 장치가 그 기능을 제대로 발휘할 수 없다는 것을 알고 있었기 때문이다. 우리의 건국정신에 나타난 '홍익인간'이란 이념은 바로 이러한 필요성을 우리 선인들이 간결하게 요약한 민족의 구호였다.

우리는 「국민교육헌장」에서 이러한 이상을 다시 한 번 표명하였다. 헌장에서 강조된 가치의 초점은 '창조적 인간, 협동적 인간, 애국적 인간'의 형성에 있었다.

창조적 인간이란 선조들의 과학적, 예술적, 문화적 활동을 거울삼아 우수한 민족의 예지를 서구적 개척정신과 결합시켜 진취적이고 전진하는 정신자세를 가다듬고 조국근대화의 성스러운 사업을 의욕적으로 달성하기 위해 혁신의 필요성을 강조한 것이다. 즉, 험난한 시련의 역사 속에서 국민 개개인의 창의성만이 우리의 앞길을 개척해 나아갈 수 있음을 제시한 인간상이라 하겠다.

협동적 인간이란 민족의 공동생활 속에 면면히 흘러 내려온 상부상조의 원리를 생산적으로 조직화하고 그것을 서구문화의 능률의 논리와 결부시킬 필요성을 강조한 것이다. 이것은 또한 우리의 전통문화의 정신인 인간관계의 미덕을 생산적으로 활용하여 인화와 관용으로 공생 공존하는 민족 연대의 확립을 다짐하는 우리의 이상을 보다 현대적인 감각으로 구현한 사회적 인간상이기도 하다.

애국적 인간상이란 우리 민중 속의 뿌리 깊은 외세에의 저항정신과 강인한 민족애를 근간으로 하여 서구적인 국민국가의 형성 요인이었던 시민의식과 공공의식을 흡수 확대하려는 인간상을 말하는 것이다. 민족감정 속에 내장되어 있던 국가의식을 살려 국제적 경쟁 관계에서 그리고 자유진영과 공산진영의 냉전 속에서 영예로운 민족의 생존을 쟁취함으로써만이 개인의 자유가 신장되는 것임을 강조한 새로운 민족적 인간상이다.

세 가지 모두 우리의 정신문화와 서구의 능률적이고 근대적인 시민의식을 결합한 것들이다. 누구나 인정하다시피 창조, 협동, 애국은 서구의 논리에서도 가장 높은 가치의 생활신조인 동시에 바로 우리 선조들이 지켜 온 역사적 유산의 중심 가치, 즉 홍익인간의 이상이요, 화랑도의 정신이요, 서민사회의 이상인 것이다.

　경제성장이 이루어지면서 주권국가로서 정치적 자주성을 명실상부하게 지켜야 한다는 의식이 사회 내부로부터 분출하고 있는 것은 다행스러운 일이다. 또한 이러한 기운이 갈수록 고조될 것임은 우리의 전통에서 볼 때 명백한 일이기도 하다. 우리는 이러한 민족의 의식을 정성스럽게 관찰하고 저류에 흐르고 있는 민중의 소망을 표면으로 끌어올려 국가발전에 창조적으로 기여해야 한다고 생각한다. 우리의 민족적 이상이 예속이나 의존이 아닌 독립과 자립을 실현하는 데 있으며 또한 경제건설이 그 자체로서 궁극적 목적이 아니라 보다 높은 차원의 민족적 과제를 해결하기 위한 필요하고도 요긴한 조건이라고 확신하는 한 우리의 경제적 자립의 토대 위에서 국민의 의지와 의욕을 성공적으로 통합해 감으로써 정치주권과 자주성을 높이도록 힘쓸 것이다.

3. 문화민족의 긍지

　동양인에게는 서양인의 사고와 논리로는 정확하게 파악하기 어려운 신비스럽고 통일적이며 조화로운 정신문화가 있다. 동양 사람이라고 일률적으로 다 그렇다고 할 수는 없을 것이고 또 개개인에게 이런 조화의 미가 똑같이 있다고 볼 수도 없겠지만 확실히 동양 사람들의 문화에는 무언가 동양다운 온화한 율동이 흐르고 있는 것은 사실이다. 이런 특성은 오랜 역사를 가지고 꾸준히 창조적으로 문화를 발전시켜 온 민족일수록 더욱 뚜렷하다.

　우리 한민족이 크게 자랑으로 여기고 또한 무한한 긍지의 원천으로 삼는 것이 바로 반만년의 유구한 역사와 그 속에서 다듬어진 훌륭한 문화적 전통이다. 전통이란 하루아침에 만들어질 수 없는 것이며 또한 하루아침에 변화될 수도 없는 축적된 지혜의 산물이기에 이 기반을 단단히 다지고 세련되게 키워 가는 보람은 오직 우수한 문화민족만이 가질 수 있는 기쁨이겠다. 우리가 전통의 흐름을 느끼고 그 가치를 깨닫게 될 때 우리는 현재의 생활에서 선인의 지혜와 만나게 된다.

　우리의 민족문화가 인접한 대륙문화의 영향을 많이 받은 것은 사실이다. 그러나 우리의 조상들은 대륙의 문화를 그대로 모방한 것이 아니라 그것을 주체적으로 흡수하고 나아가서 독창적이고 고유한 민족문화를 창조해 내는 데 비상한 능력을 발휘했다. 우리 민족이 대륙으로부터 학문을 도입했으면서도 그것을 앞지르는 독창적인 학문으로 연구 발전시켜 거꾸로 우리에게 배워 가게 했던 조선의 성리학은 우리 민족의 탁월한 창조적 사고력을 충분히 과시해 준 사례 중의 하나다.

우리 민족은 인간과 하늘을 대립적인 것으로 보지 않았고 오히려 조화 있는 전체의 통일 안에서 보았기 때문에 인심(人心)이 천심 (天心)이라는 독특한 지배윤리를 가지고 있었고 따라서 사회의 발전과 진보의 원천을 정의와 순리 속에서 찾는 온건한 생각을 철학의 기조로 삼아 왔다. 자신의 삶을 전체 질서 속의 한 부분으로 조화시키면서 그 질서가 평화롭게 유지되기를 바라고 차원 높게 발전해 가는 것을 이상적인 것으로 생각한 것이다. 사회 안에 있을 수 있는 대립과 모순이 서구에서처럼 투쟁을 통해 조정, 통합되어 간다고 보기보다는 오히려 덕과 관용 속에서 하늘의 뜻에 따라 해결되어 간다고 믿으면서 이러한 격조 높은 사회 속에 함께 참여하고 있는 나와 네가 깊은 정과 존경으로 맺어져 있다는 것을 서로가 보람으로 여기면서 살아왔다.

우리 겨레는 신의와 성실과 정의로 충만한 인간관계를 가졌으며 한국인의 수양을 통해 얻어진 인격과 예의 바른 도덕심은 타의 모범이라 할 만한 것이다. 한국의 전통적인 인간상은 인륜에 밝고 청렴과 절개와 의리를 존중하며 전체 속에서의 조화로운 중용을 견지하면서 무엇보다 고요와 평화를 사랑하는 것이라고 말할 수 있다. 그런 까닭에 중국이나 일본 그리고 아시아 제 민족들도 우리나라를 가리켜 '동방예의지국'이니 '고요한 아침의 나라'니 칭송을 아끼지 않았던 것이다.

이러한 한국인의 마음가짐은 비록 근대적인 의미에서의 자아 형성을 더디게 하고 물질문명을 무시함으로써 기술과 과학의 발전을 저해하기는 했지만 자기와 전체를 통합하는 심오하고 탁월한 정신문화를 탄생시켰고 자연과 평화를 사랑하는 마음은 예술적 심미안을 높여 세계에서도 보기 드문 정서적인 예술적 창작물을 배출했다. 그중에서도 특히 우리의 한글은 드높여 자랑할 만한 것이다. 우리의 한글이야말로 민족문화의 놀라운 창조물이요 또한 그 상징이다. 오늘날 인류가 사용하고 있는 여러 문자 중에서도 우리 한글은 가장 합리적이고 과학적이며 따라서 가장 배우기 쉬운 표음문자이다. 스물넉자의 자모 자체가 음성기관(speech organs)의 구조와 음운에 담긴음양(陰陽) 원리를 그대로 옮겨 놓은 것이며, 모음과 자음이 뚜렷이 구별되어 있을 뿐만 아니라, 모음과 자음을 적절히 결합하면 세로쓰기와 가로쓰기가 가능하고 타이프라이터화도 이미 완료한 극히 편리하고도 우수한 문자인 것이다. 한자문화권 안에 있는 우리들로서 이만큼 독창적이고도 심미적이며 그리고 과학적인 문자를 고안해 냈다는 것은 무엇보다도 크나큰 자랑이 아닐 수 없다. 게다가 이것이 어떤 특권층이 누리는 귀족용이 아니고 바로 국민의 것이요 서민의 것이라는 데서 또한 우리는 무한한 긍지를 느낀다.

그러나 이러한 것이 우리 민족의 정신문화의 전부는 아니다. 오히려 우리의 정신문화의 진가는 그것이 도달했던 해박한 지적 수준에만 있는 것이 아니라 그것을 지키기 위해 바쳤던 뜨거운 애정과 헌신과 정열에 있었다고 해도 과언이 아니다. 분명히 한국인은 투쟁보다는 조화를, 폭력보다는 평화를 사랑하는 민족이다. 그러나 이 조화와 평화가 파괴될 위기에 처했을 때에는 주저 없이 목숨을 내걸고 싸워 지키는 정의와 결기 또한 갖추고 있었다. 우리의 빛나는 민족문화가 장구한 역사적 전통을 자랑하게 된 까닭이 바로 여기에 있다.

지난 한 세기 동안 우리 민족에게 닥친 미증유의 시련 속에서 우리의 정신문화도 서구식 근대 기술문명의 도전 속에 심한 진통을 겪었다. 1870년대에 개국정책이 실시된 이래 국내에 들어온 서양의 사상과 기술은 우리에게 대단한 충격이었다. 일본에 의해 주권이 박탈당했고 그들이 자행한 한민족문화 말살정책으로 우리는 씻을 수 없는 민족사의 상처를 받았고 오점을 남겼다. 이로 인해 우리의 문화 속에는 싫든 좋든 간에 일본문화의 그림자를 남기지 않을 수 없게 되었다.

해방이 되었을 때 이미 우리의 고유한 전통문화는 상당 부분 왜

곡되어 있었고 또 어떤 부분은 걷잡을 수 없을 정도로 만신창이가 되어 있는 형편이었다. 여기에 더해 서구의 문화가 우월한 과학기술과 국력을 등에 업고 물밀듯이 들어오기 시작했다. 광복이라는 선물을 안고 온 서구문명이 우리 앞에 내놓은 자유로운 개인주의와 민주주의는 우리가 느끼고 있던 감사와 친근함 속에서 무비판적으로 수용되었고 그 결과 제도적, 사상적 측면에서 압도적인 영향력을 미치게 되었다.

동시에 민족사의 오점과 불명예의 책임을 전통문화 탓으로 돌리려는 풍조도 생겨났다. 모든 침체와 낙오의 원인이 우리의 전통 안에 숨어 있는 명상적이고 평화적이며 어쩌면 안일하기까지 한 타성에 있지 않나 하고 의심하기 시작한 것이다.

물론 독립이 된 이상 자유민주국가로서 지향해야 할 이상이 생긴 것은 사실이며 우리의 전통적인 문화로 인해 그 발전에 있어 다소의 지체를 겪은 것도 사실이다. 사실 모든 개인에게 자유를 주고 평등한 대우를 하여 존엄한 인격과 침해받을 수 없는 기본권을 부여한다는 생각은 우리의 전통적 사고방식과 어울리지 않았던 것이다. 더구나 미래에 대한 이상으로 들떠 있던 당시의 상황에서는 우리의 전통이 새로운 이상과 잘 조화될 수 있으리라고 믿기 어려웠다.

그렇게 우리 사회 안에서는 이중 삼중의 잡다한 여러 힘들이 동시에 전통문화를 공격하고 있었다. 심지어는 조잡하고 거친 서양문화의 아류가 전통문화의 격조 높고 우아한 서정을 훼손시키는가 하면, 심지어 민족의 전통 자체를 송두리째 파괴하려는 공산주의 세력마저 그들의 비인간적인 이데올로기의 위장을 위해 그 공격에 가세하기까지 했다.

결국 우리의 전통문화는 밝고 아름다운 면 대신 무기력하고 현실도피적이며 안일하다고 비판받는 부정적 측면만이 남게 되었다. 민중이 이상과 현실 사이의 차이를 심각하게 느끼고 그 부조화에 욕구불만을 드러낼수록 전통적인 것은 거부되어야 할 전근대적인 잔재로 인식되었다. 현실에서 드러나는 온갖 악취를 풍기는 부정과 부패가 다름 아닌 전통성의 표본이며 무기력한 지배계급의 정신상태가 전통적인 것의 한 모습이라 여겨졌다. 전통적인 것을 몰아내고 그 위에 새로운 가치를 정립해야 한다는 불안과 초조가 사회 전반에 감돌았다. 이렇게 우리의 전통문화는 불명예스러운 오명을 뒤집어쓰고 질책을 받기에 바빴다. 심오하고 포괄적인 우리의 민족문화와 꼿꼿하고 지조 있는 정신세계마저 근시안적인 서구적 감각에 의해 과소평가되었고 작은 결함이 마치 전체적인 것인 양 크게 들추어졌다. 말하자면 민족문화에 대한 자학적 경향이 변태적인 행태로 나타났던 것이다.

5·16혁명이 일어나고 사회 전반에 일대 혁신의 기운이 퍼져 나갈 때 나는 민족의 문화적 자주성을 견고히 지키고 정신문화의 꼿꼿한 전통을 계승 발전시키기 위해 민족주의 이념을 제시했다. 우리의 발전을 확고부동하게 밀고 나가기 위해서는 무엇보다도 자학적 체념을

극복하고 자신의 능력을 재발견하며 문화민족으로서의 긍지를 불러일으켜야 한다고 생각했기 때문이다. 우리는 전통 안에 숨어 있는 민족적 지혜와 긍지를 계발하고 민족주의적 정열과 환희로써 합심하여 전진할 것을 선언했다.

그 후 나는 내 나름대로의 정열과 기대를 가지고 민족문화의 융성을 기약하고 전통을 새롭게 발전시킬 많은 제도적 조치를 취했다. 민족문화의 고유한 기풍을 재발견하고 한국사 속의 위인들이 후세에 끼친 덕을 널리 알리기 이들의 동상을 곳곳에 건립했다. 특히 임진왜란 때 조선 수군의 명예를 걸고 용명(勇名)을 떨쳐 국민적 영웅으로 온 겨레의 가슴속에 약동하고 있는 이순신 장군에 대해서는 거족적으로 흠모할 수 있도록 그의 묘소를 성역화하는 조치를 취하였다. 그리고 민족사를 주체적인 사관으로 해석하고 고난의 역사 속에서 한 민족이 얼마나 끈기 있게 생을 이어 왔는가를 강조하여 우리가 직면한 과업을 책임 있게 성취해 갈 힘의 원천을 발견토록 애썼다.

그렇게 우리는 역사를 희망과 기대로 보는 바탕을 찾아 놓았다. 이러한 조치와 열망의 효과는 좀더 먼 훗날 더욱 분명해지겠지만 그러나 그 효력의 메아리는 이미 나타나고 있다.

오늘날 한국인은 문화의 전통 안에서 한국인이라는 자각된 의식을 다시 발견해 가고 있는 듯하다. 이제까지는 근대화와 조화가 힘들 것으로만 여겨져 왔던 전통문화가 오히려 근대화를 추진하고 격려하는 생산적인 힘을 지니고 있다는 인식을 갖기 시작했으며 아울러 우리의 고유한 미감과 지혜로운 문화활동의 전통을 더욱 발휘시켜야 한다는 사명감을 투철하게 느끼고 있다. 학자들 사이에도 한국학이 초미의 연구과제로 떠올랐고 새로운 한국적인 사회 정신적 방법론까지 모색되고 있다.

우리는 여기서도 비상한 결단을 필요로 하고 있다. 그것은 우리의 전통문화를 바탕으로 새로이 도입된 외래문화의 장점을 뽑아 흡수하는 일이다. 선진국의 합리적이고 능률적인 문화를 무조건 배척해서는 결코 안 된다. 새로운 문화의 창조는 인접 문화와의 부단한 접촉과 교류가 발생할 때 얻어지는 것이다. 그리고 새롭게 우리나라에 도입된 외래문화는 그 나름대로 우리들의 삶에 지대한 공헌을 하고 있다는 점도 잘 알고 있다. 문제는 우리에게 이질적인 외래문화를 주체적으로 수용하고 우리 안으로 끌어들여 생산적으로 활용할 수 있는 포용성과 융통성을 전통문화가 얼마나 비축하고 있느냐에 달려 있는 것이다. 우리의 문화가 외래문화에 의해 위압당하고 그것 때문에 재래문화의 정수가 와해될 위험에 직면하지 않도록 우리의 문화를 재정비할 필요성이 절실히 느껴지는 이유다.

민족문화란 기본적으로 민족 고유의 것이긴 하지만 그러나 문화의 본성은 보편적이고 세계적인 것과 연결되는 것이기 때문에 우리는 민족문화의 전통 위에서 세계적 흐름을 투영시킬 수 있는 작업을 추진해야 한다.

나는 우리 주변에서 민족문화의 토대가 착실히 자리 잡고 전통의 새로운 현실 적응이 활발하게 진행되고 있음을 뚜렷하게 느낀다. 우리는 이미 우리 고유의 문자인 한글 전용 정책을 실시하기로 했으며 또한 장기적인 교육에 대한 종합계획을 수립하여 교육의 혁신을 민족중흥의 원동력이 되는 창조와 개척 정신으로 드높여 나갈 것이다. 신의와 경애에 뿌리박은 상부상조의 전통이 국민의 의식 속에 자리 잡기 시작했고 예의 바르고 불의에 대해 꼿꼿한 국민정기가 사회 전 계층 속으로 스며들어 가고 있다. 국민 개개인의 창조적 능력도 비상하게 개발되고 있으며 예술활동에 있어서도 한국인의 미적 상상력이 조상들의 전통을 이어받아 우아하게 되살아나고 있다. 생활의 모든 부분에 한국인의 지혜와 창조의 기풍이 배어들기 시작했으며 모든 전통적인 것은 고루하고 비과학적이며 전근대적이라는 발상 대신 오히려 그 안에 우리 민족의 문화적 독창성과 예지가 충만해 있음을 자각하기 시작했다.

앞으로 몇 해 안에 우리의 의무교육은 9년제로 연장 확대될 것이며 이와 함께 우리의 정신혁명의 작업은 착착 진행되어 갈 것이다. 고질적인 사회 병폐를 박력 있게 개혁함은 물론 일찍이 우리의 선조들이 화려하게 전개했던 문예부흥을 다시 일으키고 민족의 자질을 더욱 알차게 계발하여 홍익인간의 이상, 화랑도의 정신을 이어받은 문화민족으로서의 긍지와 명예를 지키려는 노력을 계속해서 밀고 나아갈 것이다.

제7장

고요한 혁명

터전은 이미 닦았다. 씨도 뿌려졌다. 이제 우리는 자라나는 싹을 가꾸고 있는 중이다. 이러한 때일수록 지도자의 책임이 막중하다는 것을 나는 늘 통감하고 있다.

그러나 역사란 결코 지도자의 손에 의해서만 만들어지는 것이 아니다. 땅이 국민이라면 지도자란 비료에 지나지 않는다. 여기서 땅에 뿌려지는 종자는 민족의 이상이 될 것이다. 좋은 종자가 있고 비료가 적절히 공급되어야만 땅이 이것을 받아들여 열매를 맺는 것처럼 좋은 이상이 있고 좋은 지도자가 있어야 국민이 그것을 받아들여 자기의 것으로 결실을 맺을 수 있다. 비료가 부족한 꽃이 시들듯 지도자 없는 국민이란 가난하기 마련이다. 그러나 비료가 없어도 땅이 스스로 자양분을 빨아들여 꽃을 피우듯이 땅이, 즉 궁극적으로는 국민이 주인이다. 계획한 변화와 발전이 국가적 수준에서 성공적으로 이루어지기 위해서, 그리고 국민 내부의 자발적 각성과 창의적 정신이 계획하지도 않았던 새로운 발전을 이끌어 가기 위해서는 무엇보다도 지도자와 국민이 호흡을 같이하고 협력하여 광명의 목표를 향해 전진해 나가는 긴밀한 유대를 형성해야 한다. 그러므로 우리의 민족적 이상이 온 국민의 정열로써 전진적으로 추구되기 위해서는 우선 지도층에 있는 사람들이 솔선수범하여 국민과 호흡을 같이하도록 노력하고 헌신적으로 봉사함으로써 국민들이 스스로의 판단으로 능동적으로 조국근대화 작업의 대열 속에 뛰어들어야 할 것이다.

우리들의 이상을 수행해 가는 과정에 있어서 의견의 대립은 있기 마련이고 경우에 따라서는 국론의 분열도 있을 수 있다. 선의의 경쟁과 충고와 비판은 새로운 창조와 개혁의 산실이 되기 때문에 바람직한 현상이지만 도를 넘거나 공익에 배치되는 비생산적이고 맹목적인 분열은 우리 모두가 삼가야 한다. 이상을 실현해 가는 과정에는 급속한 변동과 개혁이 필연인 까닭에 우리 모두는 차원 높은 방향감각을 가지고 있어야 하며 지도자와 민중 사이에 공감을 불러일으킬 수 있는, 넓은 마음과 깊은 생각이 담긴 현실적인 대화가 끊임없이 마련되어야 한다. 이를 위해 지도자와 국민은 무엇보다도 우리의 민족정신 속에 뿌리 깊게 자라 있고 또한 우리가 받아들인 민주주의 정신의 가장 큰 특성이기도 한 협동적 인간상과 정신을 계발해 나가는 데 함께 힘을 기울여 나아가야 할 것이다. 조국근대화, 민족중흥 그리고 국토통일로 모아지는 우리의 민족적 염원을 달성할 수 있도록 해 주는 원동력이 바로 협동, 단결, 힘의 집중인 것이다.

우리의 앞날에는 아직도 많은 과제가 쌓여 있다. 이제껏 추진해 온 제1, 2차 경제개발 5개년계획의 성공적인 완수를 발판으로 1972년부터 시작되는 제3차 계획부터는 경제개발에서 사회개발로 그 방향을 전환하고 사회의 모든 부문에 우리의 이상이 고루 보급되어 전체 구성원이 번영과 행복을 만끽할 수 있는 지상낙원을 건설하는 작업의 기초과정이 기필코 이루어져야 한다.

우리는 민주주의에 대한 뚜렷한 신념을 가지고 꾸준히 이 조용한 혁명을 계속해 나갈 것이다. 국민과 함께 역사적 대전진을 수행하고 있다는 부푼 환희를 가지고 보이지 않는 우리의 이 혁명이 보이는 그 어떤 혁명보다 더 큰 위력을 가지고 있다는 것을 증명할 것이다. 이 혁명이 안에서 익어 갈 때 우리 모두는 역사로부터 빛나는 미소의 응답을 받을 것이며 전진과 도약을 위한 우리의 주체적인 기반이 이제 확실해졌다는 환희를 가슴에 안고 조국근대화의 합창을 우렁차게 부를 수 있으리라.

우리는 이 천재일우(千載一遇)의 기회를 절대 놓쳐서는 안 된다. 민족적 이상이 성취되지 않고서는 인류의 이상에도 참여할 수 없다는 평범한 진리를 되새기며 우리는 민족의 중흥이 인류의 이상에 기여함을 확신하고 지혜와 용기로써 전진을 계속할 것이다.

중단하는 자는 승리하지 못하며, 승리하는 자는 중단하지 않는다.

부록

1970년 1월 1일 신년사
제25주년 광복절 경축사

새해를 맞이하여

친애하는 국민 여러분!

조국의 역사 위에 다양하게 기록될 다사다난했던 1960년대는 이제 막을 내리고 오늘 우리는 1970년대의 새 아침을 맞이하였습니다. 나는 먼저 국내에서 국외에서 그리고 전방에서 후방에서 각자 그대로 생업과 책임에 충실하신 국민 여러분에게 더욱 다복(多福)하시기를 비는 새해의 인사를 드리며 우리 조국과 민족이 더욱 영광된 새해, 더욱 보람 있는 새 연대를 맞이하게 될 것을 국민 여러분과 함께 기도드리는 바입니다.

국민 여러분!

돌이켜보면 우리는 해방과 독립 이후 오늘까지 전쟁과 불안, 혼란과 빈곤 등 온갖 고난과 역경 속에 살아왔습니다. 이러한 역경 속에서도 우리는 끝내 희망과 용기를 잃지 않고 '조국의 등불'을 지켜 나오며 전진을 계속해 왔던 것입니다. 오늘, 그 연대가 바뀌어 1970년대를 맞이함에 있어서 나는 국민 여러분과 함께 다시는 지난날의 불안과 혼란이 우리에게 또 있어서는 안된다는 다짐을 굳게 하면서 1970년대의 설계와 포부를 생각해 볼까 합니다.

무엇보다도 1970년대에는 완전자립경제를 꼭 성취해야겠습니다. 1인당 국민소득은 500불 선을 훨씬 넘어야 하고 수출은 적어도 50억 불 선을 돌파해야 합니다. 경제의 규모나 단위 그리고 평가의 기준은 모두 국제적인 수준에서 다루어져야 하며, 우리의 상품들은 국제시장에서 당당히 경쟁하여 다른 나라 상품을 압도해야 하며, 그중에서도 몇몇 산업 부문은 세계 제1위를 자랑할 수 있게 되어야 합니다. 이를 위해서는 여러 면에서 남보다도 몇 배 더한 피눈물 나는 노력을 해야 하겠지만 특히 과학기술의 급속한 개발과 경영기술의 국제수준화는 무엇보다도 급선무로서 집중적인 노력을 기울여야 합니다. 그리하여 우리의 국제적인 위치를 적어도 중진국가군(群)에서는 가장 상위권에 들어가게 만들어야 하겠습니다.

한편 고속도로의 건설과 국토의 종합적 개발로 모든 곳이 우리의 1일생활권이 되게 하고, 균형 있는 지역개발을 도모하여 도시와 농촌의 격차를 좁혀야 하며, 연간 1백억 불의 물자가 연안 각 항구를 통해서 나가고 들어올 수 있는 항만시설과 해운능력도 갖추어야 하며, 농촌에서는 기와로 개량되지 않은 지붕을 찾아보기 힘들게 만들어야 합니다. 모든 사람이 일자리를 가질 수 있고 한 사람의 노동 대가가 한 가구의 생계를 능히 꾸려 나갈 수 있게 하여 서민생활에 보다 여유와 윤기가 돌게 해야겠습니다.

이러한 모든 일을 과연 누가 해야 하겠습니까? 너와 나의 구별 없이 우리 모두가 힘을 합쳐 한마음 한뜻으로 해야 하는 일인 것입니다. 그리고 또한 이런 과업을 수행하기 위해서는 남을 시기 질투하고 중상모략하는 우리 사회의 나쁜 버릇부터 없애야 하겠으며 부정을 해서 나만 잘살아 보겠다는 그릇된 생각도 깨끗이 버려야 합니다. 밝고 곧고 명랑한 사회기풍이 이 과업 수행의 대전제가 되는 것입니다.

문화와 예술은 보다 국민생활에 근접하여 국민정서의 순화와 사회정화의 활력소가 되게 해야 하겠고, 가정과 가족 단위의 건전한 오락과 국민체육의 보급으로 이룩되는 건전한 기풍이 국력의 원동력이 되어야 합니다. 그리고 정치도 과거의 극단적인 수단과 투쟁방식을 지양하고 건설적으로 토론과 경쟁으로 평화적 정권교체를 지향하는 민주정치의 결실을 보게 하여야 합니다.

또한 1970년대에는 국토통일 방안을 적극적으로 모색 추구해 나가는 일방, 평화적인 방법이든 비평화적인 방법이든 어떠한 방식의 통일 방안에 대해서도 즉각적으로 대응하고 대처할 수 있게 북괴에 대해 절대우위의 힘을 항시 확보해야 하며, 특히 북괴 단독의 침공에 대해서는 우리 단독의 힘만으로써도 능히 이를 분쇄할 수 있는 자주국방력을 언제든지 확보하고 있어야 합니다. 이러한 모든 것이 내가 항상 말하는 자주, 자립, 자조의 정신인 것입니다.

국민 여러분!

이러한 일들은 1970년대에 우리가 기필코 실현해야 하며 이것이 실현될 때 우리는 조국근대화의 대부분의 작업들을 이 1970년대에 끝내는 셈이 됩니다.

지금 우리가 생각하는 이 1970년대의 설계와 포부는 결코 허황된 것이 아니며 우리의 지혜, 우리의 힘으로 능히 달성할 수 있는 목표들입니다. 어느 모로는 우리가 겪어 온 지난날의 그 역경 속에서의 노력보다도 더 쉬운 노력으로 가능할지도 모를 일입니다. 이것은 결코 새롭고 특별한 것도 아니며 다만 지난 수년 동안 우리가 쏟아부어 온 그 정열과 우리가 실천해 온 그 근면과 노력을 보다 알차게 보다 충실하게 계속해 나가기만 한다면 손쉽게 이룩할 수 있는 일이라고 봅니다. 그리고 또한 우리가 아직도 버리지 못하고 있는 비생산적인 타성들을 하루속히 하나하나 이를 시정해 나가면 된다고 믿습니다.

친애하는 국민 여러분!

오늘 경술(庚戌)년 새해를 맞이하여 나는 각자 가정과 직장에서, 전방과 후방에서 소임 완수를 위해서 힘써 오신 국민 여러분의 구년(舊年)의 노고에 대해 치하하면서 이 새해에는 "우리 모두 더욱 건강하고 더욱 명랑한 기분으로 싸우며 건설하는 민족적 대열에 다 함께 참여해서 보다 알차게 전진합시다" 하는 부탁의 말씀으로써 신년사에 대(代)하는 바입니다. 아무쪼록 여러분 가정에 신의 가호가 있기를 기원해 마지않습니다.

제25주년 광복절 경축사(1970년 8월 15일)

경축사

친애하는 국내외 5천만 동포 여러분!

오늘은 우리 민족이 비할 데 없는 감격과 환희 속에 맞이했던 조국 광복, 그날로부터 꼭 사반세기가 되는 날입니다. 25년 전, 전국 방방곡곡의 거리거리에서 태극기의 물결을 수놓으며 "자유 해방 만세"의 환호성을 소리 높이 외치던 그날, 우리 온 겨레는 정녕 티끌만 한 사심도 타산도 없는 순수한 애국 애족의 마음으로 다함께 우리 민족 재기의 출발을 기뻐하였고, 우리 역사의 새로운 광영(光榮)을 다짐하였던 것입니다.

─억압과 예속에서 벗어나고 잃었던 조국을 되찾아,

─다시는 조상들이 당했던 불우한 처지를 되풀이하지 않으리라 굳게 맹세하며,

─새로운 번영의 민족국가를 건설해 보겠다는 푸른 꿈을 펼쳐 보던,

그날의 벅찬 감격과 불타오르던 정열은 영원히 우리의 가슴속에 간직될 불멸의 봉화가 아닐 수 없습니다.

그날로부터 어언 25년이 경과하였습니다. 25년이란 세월은 한 인간이 유아기로부터 소년기와 청년기를 넘어서 이제 그 완숙을 눈앞에 바라보는 '한 세대'에 해당하는 시간인 것입니다. 이는 또한 한 민족 한 국가에 있어서도 그간의 성장도를 엄숙히 평가해 보아야 할 역사상의 이정표라고 나는 생각합니다. 이제 성년 한국의 자랑스러운 모습을 내외에 크게 과시하고 있는 이 시점에서 다시 한 번 광복절을 맞이하는 우리들의 감회는 자못 무량한 바가 없지 않습니다.

지난 25년간의 광복 한국사는 한마디로 말하여 드물게 보는 '격동의 시기'였고, 고난과 시련의 연속이었습니다.

◎ 광복의 감격과 환희가 국토분단의 충격과 불행 속에 하루아침에 물거품처럼 사라졌는가 하면,

◎ 번영의 희망과 기대는 북괴가 도발한 참혹한 전란 속에 한 조각 허공에 뜬 구름처럼 흩어져 버렸고,

◎ 나아가서 정부수립 이후의 혼돈과 정체는 급기야 두 차례의 정치적 격동의 소용돌이를 치르지 않을 수 없게 하였습니다.

스스로의 손으로 쟁취한 것이 아니라 타력에 의하여 주어진 광복을 분간 소화할 만한 주체적 역량을 갖추지 못하였던 우리에게 있어서, 이러한

시련과 진통은 피할 수 없었던 필연의 결과였다고 할 수 있는 것입니다. 그러나, 이러한 고난들은 결코 헛된 것이 아니었습니다. 우리는 비극을 당하여 결코 좌절되지 않았으며, 역경 앞에 끝내 굴하지 않았습니다. 장구한 민족사를 통해서 수없이 많았던 내외의 우환을 강인한 의지와 거족적인 항쟁으로 이겨 내고, 조국의 독립을 보전하여 왔던 굳세고도 억센 우리 민족 본연의 잠재적 역량이 시련 극복의 도정에서 서서히 그 빛을 나타내기 시작한 것입니다.

이렇게 싹터 오른 민족적 자각이 응결하여 잠자고 있던 생명력과 창조력에 점화되고 민족중흥의 전진 대열을 정비한 역사적 전환점을 이룩한 것이 바로 지난 1960년대였습니다. 그로부터 8, 9년, 우리들은 조국근대화 과업을 위해서 온갖 노력을 기울여 왔으며, 많은 성과를 거두었습니다. 그리하여 오늘날 온 세계는 1950년대의 동란 한국이 이제 신생국 발전의 모범국가로 등장했다는 새로운 인식을 가지고 우리 민족에 대해서 선망과 경애의 눈으로 쳐다보게끔 되었습니다.

그러나 내가 무엇보다도 값있게 생각하고 자랑으로 여기는 것은, 우리가 거둔 외형적 성과보다도 이것을 이룩하는 과정에서 우리 민족의 무한한 저력을 재발견하고, 우리의 의지와 우리의 노력으로 어떠한 큰일도 이룩할 수 있다는 자신과 긍지를 일깨우게 되었다는 것입니다.

이제 우리는 1960년대에 착수한 중흥 과업을 기필코 완수해야 할 사명의 1970년대에 들어섰습니다. 새로운 사반세기의 역사의 장이 시작되려는 이 순간, 우리 모두가 다시는 지난날의 역사적 전철을 되풀이하지 않아야 하겠다는 결의와, 우리 후손들에게는 보람찬 유산을 물려주어야 한다는 사명감을 가일층 드높여야 할 것입니다.

친애하는 국민 여러분!

오늘 광복 제25주년을 맞이하면서 우리 온 겨레가 너 나 할 것 없이 한결같이 가슴 아프고 서글프게 생각하는 것이 있으니, 그것은 다름 아닌 국토분단의 비극입니다. 통일을 향한 민족적 비원은 지난 사반세기 동안 하루도 우리의 뇌리에서 사라진 일이 없었으나, 한편 통일의 전망은 수많은 난관과 애로에 가로막혀 결코 밝다고 말할 수 없는 현실에 놓여 있는 것입니다.

그 원인이 어디 있느냐? 그것은 한마디로, 김일성과 그 일당의 민족반역집단이 북한 땅에 도사리고 있기 때문입니다. 그들 광신적이며 호전적인 공산집단은 조국 광복의 첫날부터 전 한반도를 폭력으로 적화하기 위해서 시종일관 광분해 왔습니다. 6·25 남침의 참혹한 동족상잔에 이어서 휴전 후 오늘날에 이르기까지 7,800여 건이 넘는 무력도발을 자행해 왔고, 최근에는 무수한 무장공비를 남파시키고 있는 것이 바로 그 실증입니다. 정녕, 김일성과 그 도당은 마땅히 역사와 국민의 준엄한 심판을 받아야 할 전범자들임에 틀림없습니다.

그럼에도 불구하고 이들 도당은 언필칭 평화통일이니, 남북협상이니, 연방제니, 남북교류니 하는 등 파렴치한 상투적 선전을 되풀이하고 있습니다. 이러한 북괴의 저의가 어디에 있는가 하는 것은 이미 청천백일하에

드러나 있습니다. 그것은 두말할 필요도 없이,

◎ 그들 스스로가 저지른 전범행위와 긴장 조성의 책임을 전가해 보려는 적반하장의 흉계인 것이며,

◎ 무장공비 남파를 위장 은폐하고 소박한 일부 사람들을 현혹케 함으로써 감상적 통일론을 유발해 보려는 간사한 술책인 것이며,

◎ 국제여론의 오도를 노리는 야비한 속셈인 것입니다.

이 허위와 기만에 가득찬 북괴의 작태를 그대로 믿는 사람은 이 지구상에 한 사람도 없다는 것을 나는 단언합니다.

무릇, 공산주의의 정치체제는 기본인권의 유린과 철(鐵)의 기율에 의한 전체주의적 일당독재입니다. 그중에서도 북괴 김일성 체제는, 같은 공산권 내에서조차도 빈축의 대상이 되고 있는 전형적인 극좌모험주의와 역사 위조를 일삼는 개인 신격화가 판을 치는 폐쇄사회입니다. 오늘의 북녘 땅은 그러한 정황과 공포가 휩쓰는 가운데 전쟁 준비에 광분하는 하나의 병영으로 화하고 말았습니다. 우리는 지금 그렇듯 역사와 민족과 천륜과 양심을 외면한 흉악한 무력도발 집단과 대치하여 통일문제를 다루어야 하는 어려운 상황에 처해 있는 것입니다. 여기에 우리 민족의 비원인 조국통일의 난관이 있는 것입니다.

그러나, 국토통일이 아무리 절실한 우리 민족의 지상명령이라 하더라도 동족의 유혈을 강요하는 전쟁만은 피하여야 하겠고, 통일의 길이 아무

리 험난하다 할지라도 꾸준한 인내와 최대한의 양식을 발휘해서 평화적으로 해결지어야 할 것입니다. 동시에 우리는, 김일성 일파의 전범집단들이 끝내 무력 적화통일의 야욕을 버리지 못하고 폭력적인 침략을 감행하여 왔을 경우에는 이를 단호히 격퇴할 수 있는 '힘의 배양'도 또한 게을리해서는 안 된다는 점을 깊이 명심해야 할 것입니다.

국민 여러분!

나는 이미 수차에 걸쳐서 통일 노력의 본격화는 1970년대 후반기에나 가능할 것이라고 말한 바가 있습니다. 그것은 그 시기에 이르면 우리의 주체역량의 충실과 국제적 여건의 성숙으로 통일의 실마리가 잡힐 수 있으리라고 내다보고, 특히 북한의 폐쇄적인 사회체제도 시대의 진운(進運)인 자유화 물결에 의해서 스스로 변질될 것이며, 또한 우리의 자유의 힘이 북녘까지 넘쳐흐를 것을 확신하고 있기 때문입니다. 그러한 시기를 전망하면서, 나는 광복 사반세기에 즈음한 뜻깊은 오늘 이 자리를 빌려서 평화통일의 기반 조성을 위한 접근방법에 관하여 나의 구상을 밝히려고 합니다.

여기에는 반드시 이루어져야 할 선행조건이 있는 것입니다. 즉, 북괴가 지금과 같은 침략적이며 도전적인 행위를 계속하고 있는 한, 그들이 무슨 소리를 하든 그것은 가면이요, 위장이요, 기만이라고밖에 볼 수 없는 것입니다. 따라서, 긴장 상태의 완화 없이는 평화적 방법에 의한 통일에의 접근은 불가능한 것이므로, 무엇보다도 먼저 이를 보장하는 북괴의 명확한 태도 표시와 그 실천이 선행되어야 하겠다는 것입니다.

따라서, 북괴는 무장공비 남파 등의 모든 전쟁도발행위를 즉각 중지하고 소위 "무력에 의한 적화통일이나 폭력혁명에 의한 대한민국의 전복을 기도해 온 종전의 태도를 완전히 포기하겠다" 하는 점을 명백하게 내외에 선언하고, 또한 이를 행동으로 실증해야 합니다. 이러한 우리의 요구를 북괴가 수락, 실천하고 있다는 것을 우리가 확실히 인정할 수 있고, 또한 유엔에 의해서도 명백하게 확인될 경우에는, 나는 인도적 견지와 통일 기반 조성에 기여할 수 있으며, 남북한에 가로놓인 인위적 장벽을 단계적으로 제거해 나갈 수 있는 획기적이고도 보다 현실적인 방안을 제시할 용의가 있다는 것을 밝히는 바입니다.

또한, 북괴가 한국의 민주·통일·독립과 평화를 위한 유엔의 노력을 인정하고 유엔의 권위와 권능을 수락한다면, 유엔에서의 한국문제 토의에 북괴가 참석하는 것도 굳이 반대하지 않을 것입니다.

이러한 나의 구상에 덧붙여서 한 가지 더 말하고 싶은 것은, 북괴에 대하여 "더 이상 무고한 북한 동포들의 민생을 희생시키면서 전쟁 준비에 광분하는 죄악을 범하지 말고, 보다 선의의 경쟁, 즉 다시 말하자면 민주주의와 공산독재의 그 어느 체제가 국민을 더 잘살게 할 수 있으며, 더 잘살 수 있는 여건을 가진 사회인가를 입증하는 개발과 건설과 창조의 경쟁에 나설 용의는 없는가?" 하는 것을 묻고 싶은 것입니다.

친애하는 국내외 동포 여러분!

금년은 우리나라가 처음으로 세계에 문호를 개방한 19세기 후반의 개화기로부터 근 백 년이 되는 해이기도 합니다. 그로부터 1세기, 우리 민족은 낙후와 예속과 전란과 혼돈이 겹친 수난의 길을 걸어왔습니다. 그러나 우리 민족은 그 시련을 용케도 참고 이겨 냈으며, 이제 우리 앞에는 새로운 중흥의 여명이 밝아오고 있습니다. 이것은 정녕 마지막 중흥의 기회라고 해도 과언이 아닐 것입니다.

또, 한 가지 기억해 두어야 할 것은 오늘로써 시작되는 앞으로의 사반세기를 넘기면 금세기의 말이 된다는 것입니다. 서기 2000년경의 세계와 그 속에서 우리 대한민국이 서 있을 좌표가 어디이겠는가 하는 것을 정확하게 예측할 수 있는 사람은 아무도 없을 것입니다. 그러나 적어도 그때의 우리 조국은,

─국토통일을 이룩한 지 이미 오래된 강력한 민족국가로서,

─온 국민이 다 함께 번영을 구가할 수 있는 풍요한 선진 복지국가로서,

─세계사의 주류에 당당히 참여하고 기여해 나가는

보람찬 모습으로 변모해 있어야 할 것입니다. 지금은 착실한 그 준비기간인 것입니다.

1970년대는 이렇듯 과거와 미래를 연결하는 우리 근대 민족사의 도정에서 민족중흥의 성패를 가름하는 중요한 위치를 점하고 있는 시기인 것입니다. 그리고, 이 연대의 중흥 과업을 성취하는 여부는 우리의 힘을 어느만큼 '생산적'인 목표에 집결시키느냐에 달려 있습니다. 민족의 단결, 힘의

집중, 그것은 정녕 민족중흥의 성패를 좌우하는 열쇠입니다. 우리의 당면 과제인 자립경제와 자주국방을 이룩하는 것도 민족의 단결이며, 민족의 염원인 국토통일을 성취하는 것도 우리의 단결된 힘입니다.

국민 여러분!

25년 전 8·15에 구가했던 그 감격과 환희를 기어이 성취할 조국통일의 그날, 보다 더 벅차게 노래할 수 있도록 우리 다 같이 단결하여 전진합시다.

박정희 전집 08

평설 민족의 저력

1판 1쇄 발행 | 2017년 11월 14일

지은이 | 박정희
풀어쓴이 | 남정욱
엮은이 | 박정희 탄생 100돌 기념사업 추진위원회
펴낸이 | 안병훈
펴낸곳 | 도서출판 기파랑
디자인 | 디자인54
등록 | 2004. 12. 27 | 제 300-2004-204호
주소 | 서울시 종로구 대학로8가길 56(동숭동 1-49 동숭빌딩) 301호
전화 | 02-763-8996(편집부) 02-3288-0077(영업마케팅부)
팩스 | 02-763-8936
이메일 | info@guiparang.com
홈페이지 | www.guiparang.com

ⓒ 박정희, 남정욱, 2017

ISBN_ 978-89-6523-667-2 04810
ISBN_ 978-89-6523-665-8 04080(세트)